徐志摩 ○ 著

桑楚 ○ 主编

志摩的诗

民主与建设出版社
·北京·

目
录

目
录

诗歌

"有斐君子，如切如磋，如琢如磨。"有如此男子，他悄悄的步伐美到窒息，轻轻的手影哀至泪绝。只需刹那的绽放，足以将流光华彩定格在我们未敢闭阖的眸子里，等候时光将诗人的传奇一生，载入永恒。写一首叫志摩的诗，诗在康河的柔波里开篇。

再别康桥

写于一九二八年十一月六日。

轻轻的我走了，
　　正如我轻轻的来；
我轻轻地招手，
　　作别西天的云彩。

那河畔的金柳，
　　是夕阳中的新娘；
波光里的艳影，
　　在我的心头荡漾。

软泥上的青荇，
　　油油的在水底招摇；
在康河的柔波里，
　　我甘心做一条水草！

那榆荫下的一潭，
　　不是清泉，是天上虹，
揉碎在浮藻间，
　　沉淀着彩虹似的梦。

寻梦？撑一支长篙，
　　向青草更青处漫溯，
满载一船星辉，

在星辉斑斓里放歌。

但我不能放歌，
　　悄悄是别离的笙箫；
夏虫也为我沉默，
　　沉默是今晚的康桥！

悄悄的我走了，
　　正如我悄悄的来；
我挥一挥衣袖，
　　不带走一片云彩。

十一月六日中国海上

1928 年 12 月 10 日《新月》第 1 卷第 10 号

偶然

写于一九二六年五月中旬。

我是天空里的一片云，
偶尔投影在你的波心——
　　你不必讶异，
　　更无须欢喜——
在转瞬间消灭了踪影。

你我相逢在黑夜的海上，
你有你的，我有我的，方向；
　　你记得也好，
　　最好你忘掉，
在这交会时互放的光亮！

1926 年 5 月 27 日《晨报副镌·诗镌》第 9 号

我不知道风
是在哪一个方向吹——
我是在梦中，
在梦的轻波里依洄。

我不知道风
是在哪一个方向吹——
我是在梦中，
她的温存，我的迷醉。

我不知道风
是在哪一个方向吹——
我是在梦中，
甜美是梦里的光辉。

我不知道风
是在哪一个方向吹——
我是在梦中，
她的负心，我的伤悲。

我不知道风
是在哪一个方向吹——
我是在梦中，

我不知道风是在哪一个方向吹

在梦的悲哀里心碎！

我不知道风
是在哪一个方向吹——
我是在梦中，
黯淡是梦里的光辉。

1928 年 3 月 10 日《新月》第 1 卷第 1 号

沙扬娜拉一首（赠日本女郎）

最是那一低头的温柔，
　　像一朵水莲花不胜凉风的娇羞，
道一声珍重，道一声珍重，
　　那一声珍重里有蜜甜的忧愁——
　　沙扬娜拉！

1925 年 8 月中华书局《志摩的诗》

去罢

写于一九二四年二月二十二日。

去罢，人间，去罢！
　　我独立在高山的峰上；
去罢，人间，去罢！
　　我面对着无极的穹苍。

去罢，青年，去罢！
　　与幽谷的香草同埋；
去罢，青年，去罢！
　　悲哀付与暮天的群鸦。

去罢，梦乡，去罢！
　　我把幻景的玉杯摔破；
去罢，梦乡，去罢！
　　我笑受山风与海涛之贺。

去罢，种种，去罢！
　　当前有插天的高峰；
去罢，一切，去罢！
　　当前有无穷的无穷！

1924 年《小说月报》第 15 卷第 4 号

你真的走了，明天？那我，那我，……
你也不用管，迟早有那一天；
你愿意记着我，就记着我，
要不然趁早忘了这世界上
有我，省得想起时空着恼，
只当是一个梦，一个幻想；
只当是前天我们见的残红，
怯怜怜的在风前抖擞，一瓣，
两瓣，落地，叫人踩，变泥……
唉，叫人踩，变泥——变了泥倒干净，
这半死不活的才叫是受罪，
看着寒伧，累赘，叫人白眼——
天呀！你何苦来，你何苦来……
我可忘不了你，那一天你来，
就比如黑暗的前途见了光彩，
你是我的先生，我爱，我的恩人，
你教给我什么是生命，什么是爱，
你惊醒我的昏迷，偿还我的天真，
没有你我哪知道天是高，草是青？
你摸摸我的心，它这下跳得多快；
再摸我的脸，烧得多焦，亏这夜黑
看不见；爱，我气都喘不过来了，
别亲我了；我受不住这烈火似的活，

翡冷翠的一夜

写于一一九二五年六月十一日。

这阵子我的灵魂就像是火砖上的
熟铁，在爱的锤子下，砸，砸，火花
四散的飞洒……我晕了，抱着我，
爱，就让我在这儿清静的园内，
闭着眼，死在你的胸前，多美！
头顶白杨树上的风声，沙沙的，
算是我的丧歌，这一阵清风，
橄榄林里吹来的，带着石榴花香，
就带了我的灵魂走，还有那萤火，
多情的殷勤的萤火，有他们照路，
我到了那三环洞的桥上再停步，
听你在这儿抱着我半暖的身体，
悲声的叫我、亲我、摇我，咂我，……
我就微笑的再跟着清风走，
随他领着我，天堂、地狱，哪儿都成，
反正丢了这可厌的人生，实现这死
在爱里，这爱中心的死，不强如
五百次的投生？……自私，我知道，
可我也管不着……你伴着我死？
什么，不成双就不是完全的"爱死"，
要飞升也得两对翅膀儿打伙，
进了天堂还不一样的得照顾，
我少不了你，你也不能没有我；

要是地狱，我单身去你更不放心，

你说地狱不定比这世界文明

（虽则我不信，）像我这娇嫩的花朵，

难保不再遭风暴，不叫雨打，

那时候我喊你，你也听不分明，——

那不是求解脱反投进了泥坑，

倒叫冷眼的鬼串通了冷心的人，

笑我的命运，笑你懦怯的粗心？

这话也有理，那叫我怎么办呢？

活着难，太难，就死也不得自由，

我又不愿你为我牺牲你的前程……

唉！你说还是活着等，等那一天！

有那一天吗？——你在，就是我的信心；

可是天亮你就得走，你真的忍心

丢了我走？我又不能留你，这是命；

但这花，没阳光晒，没甘露浸，

不死也不免瓣尖儿焦萎，多可怜！

你不能忘我，爱，除了在你的心里，

我再没有命，是，我听你的话，我等，

等铁树儿开花我也得耐心等；

爱，你永远是我头顶的一颗明星：

要是不幸死了，我就变一个萤火，

在这园里，挨着草根，暗沉沉的飞，

诗
歌

黄昏飞到半夜，半夜飞到天明，

只愿天空不生云，我望得见天，

天上那颗不变的大星，那是你，

但愿你为我多放光明，隔着夜，

隔着天，通着恋爱的灵犀一点……

六月十一日，一九二五年翡冷翠山中

1926 年 1 月 2 日《现代评论》第 3 卷第 56 期

我等候你。

我望着户外的昏黄

如同望着将来，

我的心震盲了我的听。

你怎还不来？希望

在每一秒钟上允许开花。

我守候着你的步履，

你的笑语，你的脸，

你的柔软的发丝，

守候着你的一切；

希望在每一秒钟上

枯死——你在哪里？

我要你，要得我心里生痛，

我要你的火焰似的笑，

要你的灵活的腰身，

你的发上眼角的飞星；

我陷落在迷醉的氛围中，

像一座岛，

在蟒绿的海涛间，不自主的在浮沉……

喔，我迫切的想望

你的来临，想望

那一朵神奇的优昙

开上时间的顶尖！

我
等
候
你

诗
歌

你为什么不来，忍心的？

你明知道，我知道你知道，

你这不来于我是致命的一击，

打死我生命中乍放的阳春，

教坚实如矿里的铁的黑暗，

压迫我的思想与呼吸；

打死可怜的希冀的嫩芽，

把我，囚犯似的，交付给

妒与愁苦，生的羞惭

与绝望的惨酷。

这也许是痴。竟许是痴。

我信我确然是痴；

但我不能转拨一支已然定向的舵，

万方的风息都不容许我犹豫——

我不能回头，运命驱策着我！

我也知道这多半是走向

毁灭的路；但

为了你，为了你

我什么也都甘愿；

这不仅我的热情，

我的仅有的理性亦如此说。

痴！想磔碎一个生命的纤微

为要感动一个女人的心！

想博得的，能博得的，至多是

她的一滴泪，

她的一阵心酸，

竟许一半声漠然的冷笑；

但我也甘愿，即使

我粉身的消息传到

她的心里如同传给

一块顽石，她把我看作

一只地穴里的鼠，一条虫，

我还是甘愿！

痴到了真，是无条件的，

上帝他也无法调回一个

痴定了的心，如同一个将军

有时调回已上死线的士兵。

枉然，一切都是枉然，

你的不来是不容否认的实在，

虽则我心里烧着泼旺的火，

饥渴着你的一切，

你的发，你的笑，你的手脚；

任何的痴想与祈祷

不能缩短一小寸

你我间的距离！

户外的昏黄已然

诗
歌

凝聚成夜的乌黑，

树枝上挂着冰雪，

鸟雀们典去了它们的啁啾，

沉默是这一致穿孝的宇宙。

钟上的针不断的比着

玄妙的手势，像是指点，

像是同情，像是嘲讽，

每一次到点的打动，我听来是

我自己的心的

活埋的丧钟。

1929 年 10 月 10 日《新月》第 3 卷第 8 号

恋爱他到底是什么一回事？——
他来的时候我还不曾出世；
太阳为我照上了二十几个年头，
我只是个孩子，认不识半点愁；
忽然有一天——我又爱又恨那一天——
我心坎里痒齐齐的有些不连牵，
那是我这辈子第一次的上当，
有人说是受伤——你摸摸我的胸膛——
他来的时候我还不曾出世，
恋爱他到底是什么一回事？

这来我变了，一只没笼头的马，
跑遍了荒凉的人生的旷野；
又像那古时间献璞玉的楚人，
手指着心窝，说这里面有真有真，
你不信时一刀拉破我的心头肉，
看那血淋淋的一掬是玉不是玉；

血！那无情的宰割，我的灵魂！
是谁逼迫我发最后的疑问？
疑问！这回我自己幸喜我的梦醒，
上帝，我没有病，再不来对你呻吟！
我再不想成仙，蓬莱不是我的分；
我只要这地面，情愿安分的做人，——
从此再不问恋爱是什么一回事，
反正他来的时候我还不曾出世！

1925 年 8 月中华书局《志摩的诗》初版时无，

再版时加入

海韵

一

"女郎，单身的女郎，

你为什么留恋

这黄昏的海边？——

女郎，回家吧，女郎！"

"啊不；回家我不回，

我爱这晚风吹。"——

在沙滩上，在暮霭里，

有一个散发的女郎——

徘徊，徘徊。

二

"女郎，散发的女郎，

你为什么彷徨

在这冷清的海上？

女郎，回家吧，女郎！"

"啊不；你听我唱歌，

诗
歌

019

大海，我唱，你来和。"——

　　在星光下，在凉风里，

轻荡着少女的清音——

　　　　　　　　高吟，低哦。

三

"女郎，胆大的女郎！

　　那天边扯起了黑幕，

　　这顷刻间有恶风波，——

女郎，回家吧，女郎！"

　　"啊不；你看我凌空舞，

学一个海鸥没海波。"——

在夜色里，在沙滩上，

急旋着一个苗条的身影，——

　　　　　　　　婆娑，婆娑。

四

"听呀，那大海的震怒，

　　女郎，回家吧，女郎！

看呀，那猛兽似的海波，

女郎，回家吧，女郎！"

"啊不；海波他不来吞我，

　　我爱这大海的颠簸！"——

在潮声里，在波光里，

啊，一个慌张的少女在海沫里，

      蹉跎，蹉跎。

五

"女郎，在哪里，女郎？

  在哪里，你嘹亮的歌声？

在哪里，你窈窕的身影？

  在哪里，啊，勇敢的女郎？"

黑夜吞没了星辉，

  这海边再没有光芒；

海潮吞没了沙滩，

沙滩上再不见女郎，——

    再不见女郎！

   1925 年 8 月 17 日《晨报·文学旬刊》

诗
歌

为要寻一个明星

写于一九二四年十一月二十三日。

我骑着一匹拐腿的瞎马，
　　向着黑夜里加鞭；——
　　向着黑夜里加鞭，
我跨着一匹拐腿的瞎马。

我冲入这黑绵绵的昏夜，
　　为要寻一颗明星；——
　　为要寻一颗明星，
我冲入这黑茫茫的荒野。

累坏了，累坏了我胯下的牲口，
　　那明星还不出现；——
　　那明星还不出现，
累坏了，累坏了马鞍上的身手。

这回天上透出了水晶似的光明，
　　荒野里倒着一只牲口，
　　黑夜里躺着一具尸首。——
这回天上透出了水晶似的光明！

1924 年 12 月 1 日《晨报六周年纪念增刊》

雪花的快乐

假如我是一朵雪花，
翩翩地在半空里潇洒，
　　我一定认清我的方向——
　　飞扬，飞扬，飞扬，——
这地面上有我的方向。

不去那冷寞的幽谷，
不去那凄清的山麓，
　　也不上荒街去惆怅——
　　飞扬，飞扬，飞扬，——
你看，我有我的方向！

在半空里娟娟的飞舞，
认明了那清幽的住处，
　　等着她来花园里探望——
　　飞扬，飞扬，飞扬，——
啊，她身上有朱砂梅的清香！

诗
歌

那时我凭借我的身轻，

盈盈的，粘住了她的衣襟，

　　贴近她柔波似的心胸——

　　消溶，消溶，消溶——

溶入了她柔波似的心胸！

1925 年 1 月 17 日《现代评论》第 1 卷第 6 期

这是一个懦怯的世界

这是一个懦怯的世界，
　　容不得恋爱，容不得恋爱！
披散你的满头发，
赤露你的一双脚；
　　跟着我来，我的恋爱，
抛弃这个世界
殉我们的恋爱！

我拉着你的手，
爱，你跟着我走；
　　听凭荆棘把我们的脚心刺透，
　　听凭冰雹劈破我们的头，
你跟着我走，
我拉着你的手，
　　逃出了牢笼，恢复我们的自由！

诗歌

跟着我来，

我的恋爱！

人间已经掉落在我们的后背，——

看呀，这不是白茫茫的大海？

白茫茫的大海，

白茫茫的大海，

无边的自由，我与你与恋爱！

顺着我的指头看，

那天边一小星的蓝——

那是一座岛，岛上有青草，

鲜花，美丽的走兽与飞鸟；

快上这轻快的小艇，

去到那理想的天庭——

恋爱，欢欣，自由——辞别了人间，永远！

1925 年 8 月中华书局《志摩的诗》

苏苏是一个痴心的女子：

       像一朵野蔷薇，她的丰姿；

       像一朵野蔷薇，她的丰姿——

来一阵暴风雨，摧残了她的身世。

这荒草地里有她的墓碑：

       淹没在蔓草里，她的伤悲；

       淹没在蔓草里，她的伤悲——

啊，这荒土里化生了血染的蔷薇！

那蔷薇是痴心女的灵魂，

       在清早上受清露的滋润，

       到黄昏时有晚风来温存，

更有那长夜的慰安，看星斗纵横。

你说这应分是她的平安？

       但运命又叫无情的手来攀，

       攀，攀尽了青条上的灿烂，——

可怜呵，苏苏她又遭一度的摧残！

    1925 年 12 月 1 日《晨报七周年纪念增刊》

苏苏

写于一九二五年五月五日。

诗歌

她是睡着了

约写于一九二五年初夏。

她是睡着了——
星光下一朵斜欹的白莲；
　　她入梦境了——
香炉里袅起一缕碧螺烟。
　　她是眠熟了——
涧泉幽抑了喧响的琴弦；
　　她在梦乡了——
粉蝶儿，翠蝶儿，翻飞的欢恋。

　　停匀的呼吸：
清芬，渗透了她的周遭的清氛；
　　有福的清氛，
怀抱着，抚摩着，她纤纤的身形！

　　奢侈的光阴！
静，沙沙的尽是闪亮的黄金，
　　平铺着无垠，

波鳞间轻漾着光艳的小艇。

醉心的光景：
给我披一件彩衣，啜一坛芳醴，
折一枝藤花，
舞，在葡萄丛中颠倒，昏迷。

看呀，美丽！
三春的颜色移上了她的香肌，
是玫瑰，是月季，
是朝阳里的水仙，鲜妍，芳菲！

梦底的幽秘，
挑逗着她的心——纯洁的灵魂，
像一只蜂儿，
在花心恣意的唐突——温存。

童真的梦境！
静默，休教惊断了梦神的殷勤；
抽一丝金络，
抽一丝银络，抽一丝晚霞的紫曛；

玉腕与金梭，

织缣似的精审，更番的穿度——
　　化生了彩霞，
神阙，安琪儿的歌，安琪儿的舞。

　　可爱的梨涡，
解释了处女的梦境的欢喜，
　　像一颗露珠，
颤动的，在荷盘中闪耀着晨曦！

1925 年 8 月中华书局《志摩的诗》

她怕他说出口

（朋友，我懂得那一条骨鲠，
　　难受不是？——难为你的咽喉；）
"看，那草瓣上蹲着一只蚱蜢，
　　那松林里的风声像是箜篌。"

（朋友，我明白，你的眼水里
　　闪动着你的真情的泪晶；）
"看，那一双蝴蝶连翩的飞；
　　你试闻闻这紫兰花馨！"

（朋友，你的心在怦怦的动，
　　我的也不一定是安宁；）
"看，那一对雌雄的双虹！
　　在云天里卖弄着娉婷；"

（这不是玩，还是不出口的好，
　　我顶明白你灵魂里的秘密；）

诗
歌

"那是句致命的话，你得想到，

　　回头你再来追悔那又何必！"

（我不愿你进火焰里去遭罪，

　　就我——就我也不情愿受苦！）

"你看那双虹已经完全破碎；

　　花草里不见了蝴蝶儿飞舞。"

（耐着！美不过这半绽的花蕾；

　　何必再添深这颊上的薄晕？）

"回走吧，天色已是怕人的昏黑，——

　　明儿再来看鱼肚色的朝云！"

　　　　1925 年 4 月 25 日《晨报·文学旬刊》

我有一个恋爱

写于一九二五年俄文月之前。

我有一个恋爱，
我爱天上的明星，
我爱它们的晶莹：——
　　人间没有这异样的神明！

在冷峭的暮冬的黄昏，
在寂寞的灰色的清晨，
在海上，在风雨后的山顶：——
　　永远有一颗，万颗的明星！

山涧边小草花的知心，
高楼上小孩童的欢欣，
旅行人的灯亮与南针：——
　　万万里外闪烁的精灵！

我有一个破碎的魂灵，
像一堆破碎的水晶，

诗
歌

033

散布在荒野的枯草里：——
　　　饱啜你一瞬瞬的殷勤。

人生的冰激与柔情，
我也曾尝味，我也曾容忍；
有时阶砌下蟋蟀的秋吟：——
　　　引起我心伤，逼迫我泪零。

我袒露我的坦白的胸襟，
　　　献爱与一天的明星；
任凭人生是幻是真，
地球存在或是消泯：——
　　　太空中永远有不昧的明星！

　　　　　　　1925 年 8 月中华书局《志摩的诗》

起造一座墙

写于一九二五年八月。

你我千万不可亵渎那一个字，
别忘了在上帝跟前起的誓。
我不仅要你最柔软的柔情，
蕉衣似的永远裹着我的心；
我要你的爱有纯钢似的强，
在这流动的生里起造一座墙；
任凭秋风吹尽满园的黄叶，
任凭白蚁蛀烂千年的画壁；
就使有一天霹雳震翻了宇宙，——
也震不翻你我"爱墙"内的自由！

1925 年 9 月 5 日《现代评论》第 2 卷第 39 期

诗
歌

再休怪我的脸沉

写于一九二六年四月二十二日。

不要着恼，乖乖，不要怪嫌
　　我的脸绷得直长，
　　我的脸绷得是长，
可不是对你，对恋爱生厌。

不要凭空往大坑里盲跳：
　　胡猜是一个大坑，
　　这里面坑得死人；
你听我讲，乖，用不着烦恼。

你，我的恋爱，早就不是你：
　　你我早变成一身，
　　呼吸，命运，灵魂——
再没有力量把你我分离。

你我比是桃花接上竹叶，
　　露水合着嘴唇吃，
　　经脉胶成同命丝，
单等春风到开一个满艳。

谁能怀疑他自创的恋爱？
　　天空有星光耿耿，
　　冰雪压不倒青春，

任凭海有时枯，石有时烂！

不是的，乖，不是对爱生厌！
　　　你胡猜我也不怪，
　　　我的样儿是太难，
反正我得对你深深道歉。

不错，我恼，恼的是我自己：
　　　（山怨土堆不够高；
　　　河对水私下唠叨。）
恨我自己为甚这不争气。

我的心（我信）比似个浅洼：
　　　跳动着几条泥鳅，
　　　积不住三尺清流，
盼不到天光，映不着彩霞；

又比是个力乏的朝山客；
　　　他望见白云缭绕，
　　　拥护着山远山高，
但他只能在倦疲中沉默。

也不是不认识上天威力；

他何尝甘愿绝望，

空对着光阴怅惘——

你到深夜里来听他悲泣！

就说爱，我虽则有了你，爱，

不愁在生命道上，

感受孤立的恐慌，

但天知道我还想往上攀！

恋爱，我要更光明的实现：

草堆里一个萤火，

企慕着天顶星罗：

我要你我的爱高比得天！

我要那洗度灵魂的圣泉，

洗掉这皮囊腌臜，

解放内裹的囚犯，

化一缕轻烟，化一朵青莲。

这，你看，才叫是烦恼自找；

从清晨直到黄昏，

从天昏又到天明，

活动着我自剖的一把钢刀！

不是自杀，你得认个分明。
　　劈去生活的余渣，
　　为要生命的精华；
给我勇气，啊，唯一的亲亲！

给我勇气，我要的是力量，
　　快来救我这围城，
　　再休怪我的脸沉，
快来，乖乖，抱住我的思想！

四月二十二日

1926 年 4 月 29 日《晨报副镌·诗镌》第 5 号

诗
歌

决断

写于一九二五年秋。

我的爱：

再不可迟疑；

误不得

这唯一的时机，

天平秤——

在你自己心里，

哪头重——

砝码都不用比！

你我的——

哪还用着我提？

下了种，

就得完功到底。

生，爱，死——

三连环的迷谜；

拉动一个，
两个就跟着挤。

老实说，
我不稀罕这活，
这皮囊，——
哪处不是拘束。

要恋爱，
要自由，要解脱——
这小刀子，
许是你我的天国！

可是不死
就得跑，远远的跑；
谁耐烦
在这猪圈里捞骚？

险——
不用说，总得冒，
不拼命，
哪件事拿得着？

诗
歌

看那星，
多勇猛的光明！
看这夜，
多庄严，多澄清！

走吧，甜，
前途不是暗昧；
多谢天，
从此跳出了轮回！

1925 年 11 月 25 日《晨报副镌》

两地相思

一

他——

今晚的月亮像她的眉毛，
　　这弯弯的够多俏！
今晚的天空像她的爱情，
　　这蓝蓝的够多深！
那样多是你的，我听她说，
　　你再也不用疑惑；
给你这一团火，她的香唇，
　　还有她更热的腰身！
谁说做人不该多吃点苦？——
　　吃到了底才有数。
这来可苦了她，盼死了我，
　　半年不是容易过！
她这时候，我想，正靠着窗，
　　手托着俊俏脸庞，
在想，一滴泪正挂在腮边，
　　像露珠沾上草尖：
在半忧愁半欢喜的预计，
　　计算着我的归期：
啊，一颗纯洁的爱我的心，
　　那样的专！那样的真！
还不催快你胯下的牲口，

诗
歌

043

趁月光清水似流，
趁月光清水似流，赶回家
去亲你唯一的她！

二

她——
今晚的月色又使我想起，
　　我半年前的昏迷，
那晚我不该喝那三杯酒，
　　添了我一世的愁；
我不该把自由随手给扔，——
　　活该我今儿的闷！
他待我倒真是一片至诚，
　　像竹园里的新笋，
不怕风吹，不怕雨打，一样
　　他还是往上滋长；
他为我吃尽了苦，就为我
　　他今天还在奔波；——
我又没有勇气对他明讲
　　我改变了的心肠！
今晚月儿弓样，到月圆时
　　我，我如何能躲避！

我怕，我爱，这来我真是难，
　　恨不能往地底钻；
可是你，爱，永远有我的心，
　　听凭我是浮是沉；
他来时要抱，我就让他抱，
　　（这葫芦不破的好，）
但每回我让他亲——我的唇，
　　爱，亲的是你的吻！

1926 年 6 月 10 日《晨报副镌·诗镌》第 11 号

新催妆曲

一

新娘，你为什么紧锁你的眉尖，

　　（听掌声如春雨吼，

　　鼓乐暴雨似的流！）

在缤纷的花雨中步慵慵的向前：

　　（向前，向前，到礼台边，

　　见新郎面！）

莫非这嘉礼惊醒了你的忧愁：

　　一针针的忧愁，

　　你的芳心刺透，

　　逼迫你热泪流，——

新娘，为什么你紧锁你的眉尖？

二

新娘，这礼堂不是杀人的屠场，

　　（听掌声如震天雷，

　　闹乐暴雨似的催！）

那台上站着的不是吃人的魔王：

    他是新郎，

    他是新郎，

    你的新郎；

新娘，美满的幸福等在你的前面，

    你快向前，

    到礼台边，

    见新郎面——

新娘，这礼堂不是杀人的屠场！

三

新娘，有谁猜得你的心头怨？——

    （听掌声如劈山雷，

    鼓乐暴雨似的催，

催花巍巍的新人快步的向前，

    向前，向前，到礼台边，

    见新郎面。）

莫非你到今朝，这定运的一天，

    又想起那时候，

    他热烈的抱搂，

    那颤栗，那绸缪——

新娘，有谁猜得你的心头怨？

诗
歌

四

新娘，把钩消的墓门压在你的心上：

      （这礼堂是你的坟场，

      你的生命从此埋葬！）

让伤心的热血添浓你颊上的红光；

      （你快向前，到礼台边，

      见新郎面！）

忘却了，永远忘却了人间有一个他：

      让时间的灰烬，

      掩埋了他的心，

      他的爱，他的影，——

新娘，谁不艳羡你的幸福，你的荣华！

1926 年 5 月 13 日《晨报副镌·诗镌》第 7 号

两个月亮

我望见有两个月亮：
一般的样，不同的相。

一个这时正在天上，
披敞着雀毛的衣裳；
她不吝惜她的恩情，
满地全是她的金银。
她不忘故宫的琉璃，
三海间有她的清丽。
她跳出云头，跳上树，
又躲进新绿的藤萝。
她那样玲珑，那样美，
水底的鱼儿也得醉！
但她有一点子不好，
她老爱向瘦小里耗；
有时满天只见星点，
没了那迷人的圆脸，

虽则到时候照样回来，
但这份相思有些难挨！

还有那个你看不见，
虽则不提有多么艳！
她也有她醉涡的笑，
还有转动时的灵妙；
说慷慨她也从不让人，
可惜你望不到我的园林！
可贵是她无边的法力，
常把我灵波向高里提：
我最爱那银涛的汹涌，
浪花里有音乐的银钟；
就那些马尾似的白沫，
也比得珠宝经过雕琢。
一轮完美的明月，
又况是永不残缺！
只要我闭上这一双眼，
她就婷婷的升上了天！

四月二日月圆深夜
1931 年 4 月 20 日《诗刊》第 2 期

你去

你去，我也走，我们在此分手；
你上那一条大路，你放心走，
你看那街灯一直亮到天边，
你只消跟从这光明的直线！
你先走，我站在此地望着你，
放轻些脚步，别教灰土扬起，
我要认清你的远去的身影，
直到距离使我认你不分明。
再不然我就叫响你的名字，
不断的提醒你有我在这里，
为消解荒街与深晚的荒凉，
目送你归去……

　　　　不，我自有主张，
你不必为我忧虑；你走大路，
我进这条小巷，你看那棵树，
高抵着天，我走到那边转弯，
再过去是一片荒野的凌乱：

有深潭，有浅洼，半亮着止水，

在夜芒中像是纷披的眼泪；

有石块，有钩刺胫踝的蔓草，

在期待过路人疏神时绊倒！

但你不必焦心，我有的是胆，

凶险的途程不能使我心寒。

等你走远了，我就大步向前，

这荒野有的是夜露的清鲜；

也不愁愁云深裹，但须风动，

云海里便波涌星斗的流汞；

更何况永远照彻我的心底，

有那颗不夜的明珠，我爱你！

1931 年 10 月 5 日《诗刊》第 3 期

为的是

女人：

我对你祈祷，

我对你礼拜，

我对你乞讨，——

　　　　为的是……

女人：

我为你发痴，

我为你颓废，

我为你作诗，——

　　　　为的是……

女人：

我拿你咒骂，

我拿你凌迟，

我拿你践踏，——

　　　　为的是……

1930 年 6 月上海《金屋月刊》第 9、10 期合刊

诗
歌

难 忘

这日子——从天亮到昏黄，
虽则有时花般的阳光，
从郊外的麦田，
半空中的飞燕，
照亮到我劳倦的眼前，
给我刹那间的舒爽，
我还是不能忘——
不忘旧时的积累，
也不分是恼是愁是悔，
在心头，在思潮的起伏间，
像是迷雾，像是诅咒的凶险：
它们包围，它们缠绕，
它们狞露着牙，它们咬，
它们烈火般的煎熬，
它们伸拓着巨灵的掌，
把所有的忻快拦挡……

1932 年 7 月 30 日《诗刊》第 4 期

石虎胡同七号

我们的小园庭，有时荡漾着无限温柔；
善笑的藤娘，袒酥怀任团团的柿掌绸缪，
百尺的槐翁，在微风中俯身将棠姑抱搂，
黄狗在篱边，守候睡熟的珀儿，它的小友，
小雀儿新制求婚的艳曲，在媚唱无休——
我们的小园庭，有时荡漾着无限温柔。

我们的小园庭，有时淡描着依稀的梦景；
雨过的苍茫与满庭荫绿，织成无声幽冥，
小蛙独坐在残兰的胸前，听隔院蚓鸣，
一片化不尽的雨云，倦展在老槐树顶，
掠檐前作圆形的舞旋，是蝙蝠，还是蜻蜓？——
我们的小园庭，有时淡描着依稀的梦景。

我们的小园庭，有时轻喟着一声奈何；
奈何在暴雨时，雨槌下捣烂鲜红无数，
奈何在新秋时，未凋的青叶惆怅地辞树，
奈何在深夜里，月儿乘云艇归去，西墙已度，远巷薙露的乐音，一阵阵被冷风吹过——
我们的小园庭，有时轻喟着一声奈何。

我们的小园庭，有时沉浸在快乐之中；
雨后的黄昏，满院只美荫，清香与凉风，
大量的蹇翁，巨樽在手，蹇足直指天空，
一斤，两斤，杯底喝尽，满怀酒欢，满面酒红，
连珠的笑响中，浮沉着神仙似的酒翁——
我们的小园庭，有时沉浸在快乐之中。

1923 年 8 月 6 日《文学周报》第 82 期

我送你一个雷峰塔影，

　　满天稠密的黑云与白云；

我送你一个雷峰塔顶，

　　明月泻影在眠熟的波心。

深深的黑夜，依依的塔影，

　　团团的月彩，纤纤的波粼——

假如你我荡一支无遮的小艇，

　　假如你我创一个完全的梦境！

　　　　1925 年 8 月中华书局《志摩的诗》

一个祈祷

写于一九二三年六月。

请听我悲哽的声音，祈求于我爱的神：
人间哪一个的身上，不带些儿创与伤！
哪有高洁的灵魂，不经地狱，便登天堂：
我是肉薄过刀山，炮烙，闯度了奈何桥，
方有今日这颗赤裸裸的心，自由高傲！

这颗赤裸裸的心，请收了罢，我的爱神！
因为除了你更无人，给他温慰与生命，
否则，你就将他磨成齑粉，散入西天云，
但他精诚的颜色，却永远点染你春朝的
新思，秋夜的梦境；怜悯罢，我的爱神！

1923 年 7 月 1 日《晨报·文学旬刊》

悲 思

写于一九二三年五月十三日。

悲思在庭前——

　　　　不；但看

　　新萝憨舞，

　　紫藤吐艳，

　　蜂恣蝶恋——

悲思不在庭前。

悲思在天上——

　　　　不；但看——

　　青白长空，

　　气宇晴朗，

　　云雀回舞——

悲思不在天上。

悲思在我笔里——

　　　　不；但看

　　白净长毫，

　　正待抒写，

　　浩坦心怀——

诗
歌

悲思不在我的笔里。

悲思在我纸上——
　　　　不；但看
　　　质净色清，
　　　似在腼盼，
　　　诗意春情——
悲思不在我的纸上。

悲思莫非在我……
　　　　　心里——
　　　　心如古墟，
　　　野草不株，
　　　心如冻泉，
　　　冰结活源，
　　　心如冬虫，
　　　久蛰久噤——
不，悲思不在我的心里！

五月十三日

1923 年 5 月 20 日《努力周报》第 53 期

我是个无依无伴的小孩，
无意地来到生疏的人间：
我忘了我的生年与生地，
只记从来处的草青日丽；

青草里满泛我活泼的童心，
好鸟常伴我在艳阳中游戏；

我爱啜野花上的白露清鲜，
爱去流涧边照弄我的童颜；

我爱与初生的小鹿儿竞赛，
爱聚沙砾仿造梦里的亭园；

我梦里常游安琪儿的仙府，
白羽的安琪儿，教导我歌舞；

我只晓天公的喜悦与震怒，
从不感人生的痛苦与欢娱；

所以我是个自然的婴孩，
误入了人间峻险的城围：

我是个无依无伴的小孩

写于一九二三年五月六日。

诗歌

061

我骇诧于市街车马之喧扰，
行路人尽戴着忧惨的面罩；

铅般的烟雾迷障我的心府，
在人丛中反感恐惧与寂寥；

啊！此地不见了清涧与青草，
更有谁伴我笑语，疗我饥惘；

我只觉刺痛的冷眼与冷笑，
我足上沾污了沟渠的泞潦；

我忍住两眼热泪，漫步无聊，
漫步着南街北巷，小径长桥；

我走近一家富丽的门前，
门上有金色题标，两字"慈悲"；

金字的慈悲，令我欢慰，
我便放胆跨进了门槛；

慈悲的门庭寂无声响，
堂上隐隐有阴惨的偶像；

偶像在伸臂，似庄似戏，
真骇我狂奔出慈悲之第；

我神魂惊悸慌张地前行，
转瞬间又面对"快乐之园"；

快乐园的门前，鼓角声喧，
红衣汉在守卫，神色威严；

游服竞鲜艳，如春蝶舞翩跹，
园林里阵阵香风，花枝隐现；

吹来乐音断片，招诱向前，
赤穷孩蹑近了快乐之园！

守门汉霹雳似的一声呼叱，
震出了我骇愧的两行急泪；

我掩面向僻隐处飞驰，
遭罹了快乐边沿的尖刺；

黄昏。荒街上尘埃舞旋，
凉风里有落叶在呜咽；

天地看似墨色螺形的长卷，
有孤身儿在踟蹰，似退似前；

我仿佛陷落在冰寒的阱锢，
我哭一声我要阳光的暖和！

我想望温柔手掌，偎我心窝，
我想望搂我入怀，纯爱的母；

我悲思正在喷泉似的溢涌，
一闪闪神奇的光，忽耀前路；

光似草际的游萤，乍显乍隐，
又似暑夜的飞星，窜流无定；

神异的精灵！生动了黑夜，
平易了途径，这闪闪的光明；

闪闪的光明！消解了恐惧，
启发了欢欣，这神异的精灵；

昏沉的道上，引导我前进，
一步步离远人间进向天庭；

天庭！在白云深处，白云深处，
有美安琪敛翅羽，安眠未醒；

我亦爱在白云里安眠不醒，
任清风搂抱，明星亲吻殷勤；

光明！我不爱人间，人间难觅
安乐与真情，慈悲与欢欣；

光明，我求祷你引致我上登
天庭，引挈我永住仙神之境；

我即不能上攀天庭，光明，
你也照导我出城围之困，

我是个自然的婴儿，光明知否，
但求回复自然的生活优游；

茂林中有餐不罄的鲜柑野栗，
青草里有享不尽的意趣香柔……

五月六日

1923 年 5 月 13 日《努力周报》第 52 期

诗
歌

希望的埋葬

写于一九二三年一月二十四日。

希望，只如今……
如今只剩些遗骸——
可怜，我的心……
却教我如何埋掩？

希望，我抚摩着
你惨变的创伤；
在这冷默的冬夜——
谁与我商量埋葬？

埋你在秋林之中，
幽涧之边，你愿否？
朝餐泉乐的玲琮，
暮偎着松茵香柔。

我收拾一筐的红叶，
露凋秋伤的枫叶，
铺盖在你新坟之上——
长眠着美丽的希望！

我唱一支惨淡的歌，
与秋林的秋声相和；
滴滴凉露似的清泪，

洒遍了清冷的新墓！

我手抱你冷残的衣裳，
凄怀你生前的经过——
一个遭不幸的爱母，
回想一场抚养的辛苦！

我又舍不得将你埋葬，
希望，我的生命与光明——
像那个情疯了的公主，
紧搂住她爱人的冷尸。

梦境似的惝恍，
毕竟是谁存谁亡？
是谁在悲唱，希望！
你，我，是谁替谁埋葬？

"美是人间不死的光芒"，
不论是生命，或是希望！
便冷骸也发生命的神光，
何必问秋林红叶去埋葬？

1923 年 1 月 28 日《努力周报》第 39 期

诗
歌

你是谁呀？

写于一九二二年七月二十一日。

你是谁呀？

面熟得很，你我曾经会过的，

但在哪里呢，竟是无从记起；

是谁引你到我密室里来的？

你满面忧怆的精神，你何以

默不出声，我觉得有些怕惧；

你的肤色好比干蜡，两眼里

泄露无限的饥渴；呀！他们在

迸泪、鲜红、枯干、凶狠的眼泪，

胶在睚帘边，多可怕，多凄惨！

——我明白了：我知晓你的伤感，

憔悴的根源；可怜！我也记起，

依稀，你我的关系像在这里，

那里，云里雾里，哦，是的是的！

但是再休提起：你我的交谊，

从今起，另辟一番天地，是呀，

另辟一番天地；再不用问你

——我希冀——"你是谁呀"？

1923 年 5 月 4 日《时事新报·学灯》

是谁家的歌声，
和悲缓的琴音，
星茫下，松影间，
有我独步静听。

音波，颤震的音波，
穿破昏夜的凄清，
幽冥，草尖的鲜露，
动荡了我的灵府。

我听，我听，我听出了
琴情，歌者的深心。
枝头的宿鸟休惊，
我们已心心相印。
休道她的芳心忍，
她为你也曾吞声，
休道她淡漠，冰心里
满蕴着热恋的火星。

记否她临别的神情，
满眼的温柔和酸辛，
你握着她颤动的手——
一把恋爱的神经！

月夜听琴

一九二二年写于英国。

诗
歌

记否你临别的心境，
冰流沦彻你全身，
满腔的抑郁，一海的泪，
可怜不自由的魂灵？

松林中的风声哟！
休扰我同情的倾诉；
人海中能有几次
恋潮淹没我的心滨？

那边光明的秋月，
已经脱卸了云衣，
仿佛喜声地笑道：
"恋爱是人类的生机！"

我多情的伴侣哟！
我羡你蜜甜的爱唇，
却不道黄昏和琴音
联就了你我的神交！

1923 年 4 月 1 日《时事新报·学灯》

夜

写于一九二二年九月。

一

夜，无所不包的夜，我颂美你！

夜，现在万象都像乳饱了的婴孩，在你大母温柔的怀抱中眠熟。

一天只是紧叠的乌云，像野外一座帐篷，静悄悄的，静悄悄的；

河面只闪着些纤微，软弱的辉芒，桥边的长梗水草，黑沉沉的像几条烂醉的鲜鱼横浮在水上，任凭惫懒的柳条，在他们的肩尾边撩拂；

对岸的牧场，屏围着墨青色的榆荫，阴森森的，像一座镂空的古墓；那边树背光芒，又是什么呢？

我在这沉静的境界中徘徊，在凝神地倾听……听不出青林的夜乐，听不出康河的梦呓，听不出鸟翅的飞声；

我却在这静谧中，听出宇宙进行的声息，黑夜的脉搏与呼吸，听出无数的梦魂的匆忙踪迹；

也听出我自己的幻想，感受了神秘的冲动，在豁动他久敛的羽翮，准备飞出他沉闷的巢居，飞出这沉寂的环境，去寻访

黑夜的奇观，去寻访更玄奥的秘密——

听呀，他已经沙沙的飞出云外去了！

诗
歌

二

　　一座大海的边沿，黑夜将慈母似的胸怀，紧贴住安息的万象；

　　波澜也只是睡意，只是懒懒向空疏的沙滩上洗淹，像一个小沙弥在瞌睡地撞他的夜钟，只是一片模糊的声响。

　　那边岩石的面前，直竖着一个伟大的黑影——是人吗？

　　一头的长发，散披在肩上，在微风中颤动；

　　他的两臂，瘦的，长的，向着无限的天空举着，——

　　他似在祷告，又似在悲泣——

　　是呀，悲泣——

　　海浪还只在慢沉沉的推送——

　　看呀，那不是他的一滴眼泪？

　　一颗明星似的眼泪，掉落在空疏的海砂上，落在倦懒的浪头上，落在睡海的心窝上，落在黑夜的脚边——一颗明星似的眼泪！

　　一颗神灵，有力的眼泪，仿佛是发酵的酒娘，作炸的引火，霹雳的电子；

　　他唤醒了海，唤醒了天，唤醒了黑夜，唤醒了浪涛——真伟大的革命——

　　霎时地扯开了满天的云幕，化散了迟重的雾气。

　　纯碧的天中，复现出一轮团圆的明月，

　　一阵威武的西风，猛扫着大海的琴弦，开始，神伟的音乐。

　　海见了月光的笑容，听了大风的呼啸，也像初醒的狮虎，

　　　摇摆咆哮起来——

　　霎时地浩大的声响，霎时地普遍的猖狂！

夜呀！你曾经见过几滴那明星似的眼泪？

三

到了二十世纪的不夜城。

夜呀，这是你的叛逆，这是恶俗文明的广告，无耻、淫猥、残暴、肮脏——表面却是一致的辉耀，看，这边是跳舞会的尾声，

那边是夜宴的收梢，那厢高楼上一个肥狠的犹大，正在奸污他钱撩的新娘；

那边街道的转角上，有两个强人，擒住一个过客，一手用刀割断他的喉管，一手掏他的钱包；

那边酒店的门外，麇聚着一群醉鬼，蹒跚地在秽语，狂歌，音似钝刀刮锅底——

幻想更不忍观望，赶快的掉转翅膀，向清净境界飞去。

飞过了海，飞过了山，也飞回了一百多年的光阴——

他到了"湖滨诗侣"的故乡。

多明净的夜色！只淡淡的星辉在湖胸上舞旋，三四个草虫叫夜；

四围的山峰都把宽广的身影，寄宿在葛濑士迷亚柔软的湖心，沉酣的睡熟；

那边"乳鸽山庄"放射出几缕油灯的稀光，斜偻在庄前的荆篱上；

听呀，那不是，罪翁吟诗的清音——

The poets who on earth have made us heirs of truth and pure

        delightby heavenly lays!

Oh! might my name be numberd among theirs,

Then glady would end my mortal days!

诗人解释大自然的精神，

美妙与诗歌的欢乐，苏解人间爱困！

无羡富贵，但求为此高尚的诗歌者之一人，

便撒手长暝，我已不负吾生。

我便无憾地辞尘埃，返归无垠。

    他音虽不亮，然韵节流畅，证见旷达的情怀，一个个的音符，都变成了活动的火星，从窗棂里点飞出来！飞入天空，仿佛一串鸢灯，凭彻青云，下照流波，余音洒洒的惊起了林里的栖禽，放歌称叹。

    接着清脆的嗓音，又不是他妹妹桃绿水（Dorothy）的？

    呀，原来新染烟癖的高柳列奇（Coleridge）也在他家做客，三人围坐在那间湫隘的客室里，壁炉前烤火炉里烧着他们早上在园里亲劈的栗柴，在必拍的作响，铁架上的水壶也已经滚沸，嘶嘶有声：

To sit without emotion, hope or aim in the loved presence of

        my cottage fire,

And Listen to the flapping of the flame Or kettle whispering its faint undersong.

坐处在可爱的将息炉火之前，

　　无情绪的兴奋、无冀、无筹营，

　　听，但听火焰，飐摇的微喧，

　　听水壶的沸响，自然的乐音。

夜呀，像这样人间难得的纪念，你保存了多少……

四

他又离了诗侣的山庄，飞出了湖滨，重复逆溯着汹涌的时潮，到了几百年前海岱儿堡（Heidelberg）的一个跳舞盛会。

雄伟的赫色宫堡，一体沉浸在满目的银涛中，山下的尼波河（Nubes）

　　在悄悄的进行。

堡内只是舞过闹酒的欢声，那位海量的侏儒今晚已喝到第六十三瓶啤酒，嚷着要吃那大厨里烧烤的全牛，引得满庭假发粉面的男客、长裙如云的女宾，哄堂的大笑。

在笑声里幻想又溜回了不知几十世纪的一个昏夜——

眼前只见烽烟四起，巴南苏斯的群山，点成一座照彻云天大火屏，

远远听得呼声，古朴壮硕的呼声——

"阿加孟龙打破了屈次奄，夺回了海伦，现在凯旋回雅典了，希腊的人民呀，大家快来欢呼呀！——

——阿加孟龙，王中的王！"

这呼声又将我幻想的双翼，吹回更不知无量数的世纪，到了一个更古的黑夜，一座大山洞的跟前；

一群男女，老的、少的、腰围兽皮或树叶的原民，蹲踞在一堆柴火的跟前，在煨烤大块的兽肉。猛烈地腾窜的火花，照出他们强固的躯体，黝黑多毛的肌肤——

这是人类文明的摇荡时期。

夜呀，你是我们的老乳娘！

五

最后飞出了气围，飞出了时空的关塞。

当前是宇宙的大观！

几百万个太阳，大的小的，红的黄的，放花竹似的在无极中激震，

　旋转——

但人类的地球呢？

一海的星砂，却向哪里找去，

不好，他的归路迷了！

夜呀，你在哪里？

光明，你又在哪里？

六

"不要怕，前面有我。"一个声音说。

"你是谁呀？"

"不必问，跟着我来不会错的。我是宇宙的枢纽，我是光明的泉源，我是神圣的冲动，我是生命的生命，我是诗魂的向导；不要多心，跟我来不会错的。"

　　"我不认识你。"

　　"你已经认识我！在我的眼前，太阳、草木、星、月、介壳、鸟兽、各类的人、虫豸，都是同胞，他们都是从我取得生命，都受我的爱护，我是太阳的太阳，永生的火焰；

　　你只要听我指导，不必猜疑，我教你上山，你不要怕险；我教你入水，你不要怕淹；我教你蹈火，你不要怕烧；我教你跟我走，你不要问我是谁；

　　我不在这里，也不在那里，但只随便哪里都有我。若然万象都是空的幻的，我是终古不变的真理与实在；

　　你方才遨游黑夜的胜迹，你已经得见他许多珍藏的秘密，——你方才经过大海的边沿，不是看见一颗明星似的眼泪吗？——那就是我。

　　你要真静定，须向狂风暴雨的底里求去；

　　你要真和谐，须向混沌的底里求去；

　　你要真平安，须向大变乱，大革命的底里求去；

　　你要真幸福，须向真痛苦里尝去；

　　你要真实在，须向真空虚里悟去；

　　你要真生命，须向最危险的方向访去；

　　你要真天堂，须向地狱里守去；

　　这方向就是我。

诗
歌

这是我的话，我的教训，我的启方；

我现在已经领你回到你好奇的出发处，引起你游兴的夜里；

你看这不是湛露的绿草，这不是温驯的康河？愿你再不要多疑，听我的话，

不会错的，——我永远在你的周围。"

一九二二年七月康桥

1923 年 12 月 1 日《晨报·文学旬刊》

草上的露珠儿
　　　　颗颗是透明的水晶球，
新归来的燕儿
　　　　在旧巢里呢喃个不休；

诗人哟！可不是春至人间
　　　　还不放开你
　　　　创造的喷泉，
嘻嘻！吐不尽南山北山的璠瑜，
　　　　洒不完东海西海的琼珠，
　　　　融和琴瑟箫笙的音韵，
　　　　饮餐星辰日月的光明！
诗人哟！可不是春在人间，
　　　　还不开放你
　　　　创造的喷泉！

这一声霹雳
　　　　震破了漫天的云雾，
显焕的旭日
　　　　又升临在黄金的宝座；

柔软的南风
　　　　吹皱了大海慷慨的面容，

洁白的海鸥

　　　上穿云下没波自在优游；

诗人哟！可不是趁航时候，

　　还不准备你

　　　　歌吟的渔舟！

看哟！那白浪里

　　　　金翅的海鲤

　　　　白嫩的长鲵，

　　　　虾须和蟛脐！

快哟！一头撒网一头放钩，

　　　　收！收！

你父母妻儿亲戚朋友

　　　享定了稀世的珍馐。

诗人哟！可不是趁航时候，

　　　　还不准备你

　　　　歌吟的渔舟！

诗人哟！

　　　你是时代精神的先觉者哟！

　　　你是思想艺术的集成者哟！

　　　你是人天之际的创造者哟！

　　　你资材是河海风云，

鸟兽花草神鬼蝇蚊，

一言以蔽之：天文地文人文；

你的洪炉是"印曼桀乃欣"，

永生的火焰"烟士披里纯"，

炼制着诗化美化灿烂的鸿钧；

你是高高在上的云雀天鹨，

纵横四海不问今古春秋，

散布着稀世的音乐锦绣；

你是精神困穷的慈善翁，

你展览真善美的万丈虹，

你居住在真生命的最高峰。

1969 年台湾传记文学出版社《徐志摩全集》第 1 集

诗
歌

康桥西野暮色

一九二二年写于英国。

　　我常以为文字无论韵散的圈点并非绝对的必要。我们口里说笔上写得清利晓畅的时候，段落语气自然分明，何必多添枝叶去加点画。近来我们崇拜西洋了，非但现代做的文字都要循规蹈矩，应用"新圈钟"，就是无辜的圣经贤传红楼水浒，也教一班无事忙的先生，支离宰割，这里添了几只钩，那边画上几枝怕人的黑杠！！！真好文字其实没有圈点的必要，就怕那些"科学的"先生们倒有省事的必要。

　　你们不要骂我守旧，我至少比你们新些。现在大家喜欢讲新，潮流新的，色彩新的，文艺新的，所以我也只好随波逐流跟着维新。唯其为要新鲜，所以我胆敢主张一部分的诗文废弃圈点。这并不是我的创见，自今以后我们多少免不了仰西洋的鼻息。我想你们应该知道英国的小说家 George Choow，你们要看过他的名著《Krook Kerith》，就知道散文的新定义新趣味新音节。

　　还有一位爱尔兰人叫作 James Joyce，他在国际文学界的名气恐怕和蓝宁在国际政治界上差不多，一样受人崇拜，受人攻击。他五六年前出了一部《The Portrait of an Artist as Young Men》，独创体裁，在散文里开了一个新纪元，恐怕这就是一部不朽的贡献。他又做了一部书叫《Ulysses》，英国美国谁都不肯不敢替他印，后来他自己在巴黎印行。这部书恐怕非但是今年，也许是这个时期里的一部独一著作。他书后最后一百页（全书共七百几十页）那真是纯粹的"Prose"，像牛酪一样润滑，像教堂里石坛一样光澄，非但大写字母没有，连，……? ——；——!（曓）"曓"等可厌的符号一齐灭迹，也不分章句篇节，只有一大股清丽浩瀚的文章排曓而前，像一大匹白罗披泻，一大卷瀑布倒挂，丝毫不露痕迹，真大手笔!

至于新体诗的废句须大写，废句法点画，更属寻常，用不着引证。但这都是乘便的饶舌。下面一首乱词，并非故意不用句读，实在因为没有句读的必要，所以画好了蛇没有添足上去。

　　　一个大红日挂在西天
　　　紫云绯云褐云
　　　簇簇斑斑田田
　　　青草黄田白水
　　　郁郁密密鬠鬠
　　　红瓣黑蕊长梗
　　　罂粟花三三两两

　　　一大块透明的琥珀
　　　千百折云凹云凸
　　　南天北天暗暗默默

诗
歌

东天中天舒舒阖阖
宇宙在寂静中构合
太阳在头赫里告别
一阵临风
几声"可可"

一颗大胆的明星
仿佛骄矜的小艇
抵牾着云涛云潮
兀兀漂漂潇潇
侧眼看暮焰沉销
回头见伙伴来！

晚霞在林间田里
晚霞在原上溪底
晚霞在风头风尾
晚霞在村姑眉际
晚霞在燕喉鸦背
晚霞在鸡啼犬吠

晚霞在田陇陌上
陌上田垅行人种种
白发的老妇老翁

屈躬咳嗽龙钟

农夫工罢回家

肩锄手篮口衔菰巴

白衣裳的红腮女郎

攀折几茎白葩红英

笑盈盈翳入绿荫森森

跟着肥满蓬松的"北京"

罂粟在凉园里摇曳

白杨树上一阵鸦啼

夕照只剩了几痕紫气

满天镶嵌着星巨星细

田里路上寂无声响

榆荫里的村屋微泄灯芒

冉冉有风打树叶的抑扬

前面远远的树影塔光

罂粟老鸦宇宙婴孩

一齐沉沉奄奄眠熟了也

1923 年 7 月 6 日《时事新报·学灯》

诗
歌

康桥再会罢

康桥，再会罢；

我心头盛满了别离的情绪，

你是我难得的知己，我当年

辞别家乡父母，登太平洋去，

（算来一秋二秋，已过了四度春秋，浪迹在

海外，美土欧洲）

扶桑风色，檀香山芭蕉况味，

平波大海，开拓我心胸神意，

如今都变了梦里的山河，

渺茫明灭，在我灵府的底里；

我母亲临别的泪痕，她弱手

向波轮远去送爱儿的巾色，

海风咸味，海鸟依恋的雅意，

尽是我记忆的珍藏，我每次

摩按，总不免心酸泪落，便想

理箧归家，重向母怀中匐伏，

回复我天伦挚爱的幸福；

我每想人生多少跋涉劳苦，

多少牺牲，都只是枉费无补，

我四载奔波，称名求学，毕竟
在知识道上，采得几茎花草，
在真理山中，爬上几个峰腰，
钧天妙乐，曾否闻得，彩红色，
可仍记得？——但我如何能回答？
我但自喜楼高车快的文明，
不曾将我的心灵污抹，今日
我对此古风古色，桥影藻密，
依然能袒胸相见，惺惺惜别。

康桥，再会罢！
你我相知虽迟，然这一年中
我心灵革命的怒潮，尽冲泻
在你妩媚河身的两岸，此后
清风明月夜，当照见我情热
狂溢的旧痕，尚留草底桥边，
明年燕子归来，当记我幽叹
音节，歌吟声息，缦烂的云纹
霞彩，应反映我的思想情感，

诗
歌

此日撒向天空的恋意诗心，
赞颂穆静腾辉的晚景，清晨
富丽的温柔；听！那和缓的钟声
解释了新秋凉绪，旅人别意，
我精魂腾跃，满想化入音波，
震天彻地，弥盖我爱的康桥，
如慈母之于睡儿，缓抱软吻；
康桥！汝永为我精神依恋之乡！
此去身虽万里，梦魂必常绕
汝左右，任地中海疾风东指，
我亦必迂道西回，瞻望颜色；
归家后我母若问海外交好，
我必首数康桥；在温清冬夜
蜡梅前，再细辨此日相与况味；
设如我星明有福，素愿竟酬，
则来春花香时节，当复西航，
重来此地，再捡起诗针诗线，
绣我理想生命的鲜花，实现
年来梦境缠绵的销魂踪迹，

散香柔韵节，增媚河上风流；
故我别意虽深，我愿望亦密，
昨宵明月照林，我已向倾吐
心胸的蕴积，今晨雨色凄清，
小鸟无欢，难道也为是怅别
情深，累藤长草茂，涕泪交零！

康桥！山中有黄金，天上有明星，
人生至宝是情爱交感，即使
山中金尽，天上星散，同情还
永远是宇宙间不尽的黄金，
不昧的明星；赖你和悦宁静
的环境，和圣洁欢乐的光阴，
我心我智，方始经爬梳洗涤，
灵苗随春草怒生，沐日月光辉，
听自然音乐，哺啜古今不朽
——强半汝亲栽育——的文艺精英：
恍登万丈高峰，猛回头惊见
真善美浩瀚的光华，覆翼在

人道蠕动的下界，朗然照出
生命的经纬脉络，血赤金黄，
尽是爱主恋神的辛勤手绩；
康桥！你岂非是我生命的泉源？
你惠我珍品，数不胜数；最难忘
骞士德顿桥下的星磷坝乐，
弹舞殷勤，我常夜半凭阑干，
倾听牧地黑野中倦牛夜嚼，
水草间鱼跃虫唼，轻挑静寞；
难忘春阳晚照，泼翻一海纯金，
淹没了寺塔钟楼，长垣短堞，
千百家屋顶烟突，白水青田，
难忘茂林中老树纵横；巨干上
黛薄茶青，却教斜刺的朝霞，
抹上些微胭脂春意，忸怩神色；
难忘七月的黄昏，远树凝寂，
像墨泼的山形，衬出轻柔暝色，
密稠稠，七分鹅黄，三分橘绿，
那妙意只可去秋梦边缘捕捉；
难忘榆荫中深宵清啭的诗禽，

一腔情热，教玫瑰噙泪点首，

满天星环舞幽吟，款住远近

浪漫的梦魂，深深迷恋香境；

难忘村里姑娘的腮红颈白；

难忘屏绣康河的垂柳婆娑，

婀娜的克莱亚，硕美的校友居；

——但我如何能尽数，总之此地

人天妙合，虽微如寸芥残垣，

亦不乏纯美精神；流贯其间，

而此精神，正如宛次宛士所谓

"通我血液，浃我心脏"，有"镇驯

矫饬之功"；我此去虽归乡土，

而临行怫怫，转若离家赴远；

康桥！我故里闻此，能弗怨汝

僭爱，然我自有谰言代汝答付；

我今去了，记好明春新杨梅

上市时节，盼我含笑归来，

再见罢，我爱的康桥！

1923 年 3 月 12 日《时事新报·学灯》

诗
歌

夏日田间即景（近沙士顿）

柳林青青，
南风熏熏，
幻成奇峰瑶岛，
一天的黄云白云，
那边麦浪中间，
有农妇笑语殷殷。

笑语殷殷——
问后园豌豆肥否，
问杨梅可有鸟来偷；
好几天不下雨了，
玫瑰花还未曾红透；
梅夫人今天进城去，
且看她有新闻无有。

笑语殷殷——
"我们家的如今好了，

已经照常上工去，

不再整天无聊，

不再逞酒使气，

回家来有说有笑，

疼他儿女——爱他妻；

呀！真巧！你看那边，

蓬着头，走来的，笑嘻嘻，

可不是他，（哈哈！）满身是泥！"

南风熏熏，

草木青青，

满地和暖的阳光，

满天的白云黄云，

那边麦浪中间，

有农夫农妇，笑语殷殷。

1923 年 3 月 14 日《时事新报·学灯》

诗
歌

梦游埃及

龙舟画桨
　　地中海海乐悠扬；
浪涛的中心
　　有丑怪奋斗汹张；

一轮漆黑的明月，
滚入了青面的太阳——
　　青面白发的太阳；
太阳又奔赴涛心，将海怪
　　浇成奇伟的偶像；
大海化成了大漠；
开佛伦王的石像
　　危峙在天地中央；
张口把太阳吃了
　　遍体发骇人的光亮；
巨万的黄人黑人白人
　　蠕伏在浪涛汹涌的地面；
金刚般的勇士
　　大倘步走上了人堆；

人堆里呶呶的怪响
　　不知是悲切是欢畅；
勇士的金盔金甲

闪闪亮亮
烨烨生火；

顷刻大火燔燔，火焰里有个
伟丈夫端坐；
　　像菩萨，
　　像葛德，
　　像柏拉图，
坐镇在勇士们头颅砌成的
莲台宝座；

一阵骇人的金电，——
这人宝塔又变形为
　　大漠里清静静地
　　一座三角金字塔：
　　一个个金字，都是
　　放焰的龙珠；
塔像一只高背的骆驼，
　　驮着个不长不短的
人魔——他睁着怪眼大喊道：——
　　"奴隶的人间，可曾看出
　　此中的消息呀？"

1923 年 5 月 14 日《时事新报·学灯》

诗
歌

威尼市

一九二二年写于英国。

我站在桥上，

这甜熟的黄昏，

远处来的箫声和琴音——点儿、线儿，

圆形、方形、长形，

尽是灿烂的黄金，

倾泻在波涟里，

澄蓝而凝匀。

歌声，游艇，

灯烛的辉莹，

梦寐似生，

——絪缊——

幻景似消泯，

在流水的胸前——

鲜妍，绻缱——

流，流，

流入沉沉的黄昏。

我灵魂的弦琴，
感受了无形的冲动，
怔忡，惺忪，
悄悄地吟弄，
一支红朵蜡的新曲，
出咽的香浓；
但这微妙的心琴哟，
有谁领略，
有谁能听！

　　　　1923 年 4 月 28 日《时事新报·学灯》

地中海

写于一九二二年八月从英国返回祖国途中。

海呀！你宏大幽秘的音息，不是无因而来的！

　　这风稳日丽，也不是无因而然的！

这些进行不歇的波浪，唤起了思想同情的反

应——涨，

　　落——隐，现——去，来……

无量数的浪花，各各不同，各有奇趣的花

样，——

　　一树上没有两张相同的叶片，

　　天上没有两朵相同的云彩。

地中海呀！你是欧洲文明最老的见证！

魔大的帝国，曾经一再笼卷你的两岸；

霸业的命运，曾经再三在你酥胸上定夺；

　　无数的帝王、英雄、诗人、僧侣、寇盗、商贾，

曾经在你怀抱中得意，失志，

　　灭亡；

无数的财货、牲畜、人命、舰队、商船、渔艇，

曾经沉入你无底的渊壑；

无数的朝彩晚霞，星光月色，血腥，血糜，曾经

浸染涂糁你的面庞；

无数的风涛、雷电、炮声、潜艇，曾经扰乱你平

安的居处；

屈洛安城焚的火光，阿脱洛庵家的惨剧，

沙伦女的歌声，迦太基奴女被掳过海的哭声，

维雪维亚炸裂的彩色，

尼罗河口，铁拉法尔加唱凯的歌音……

都曾经供你耳目刹那的欢娱。

历史来，历史去；

　　埃及、波斯、希腊、马其顿、罗马、西班牙——

　　至多也不过抵你一缕浪花的涨歇，一茎春花的开落！但是

你呢——

　　依旧冲洗着欧非亚的海岸，

　　依旧保存着你青年的颜色，

（时间不曾在你面上留痕迹。）

　　依旧继续着你自在无挂的涨落，

　　依旧呼啸着你厌世的骚愁，

　　依旧翻新着你浪花的样式，——

这孤零零地神秘伟大的地中海呀！

　　　　　　　　　1922 年 12 月 24 日《努力周报》第 34 期

留别日本

我惭愧我来自古文明的乡国，
  我惭愧我脉管中有古先民的遗血，
我惭愧扬子江的流波如今混浊，
  我惭愧——我面对着富士山的清越！

古唐时的壮健常萦我的梦想：
  那时洛邑的月色，那时长安的阳光；
那时蜀道的啼猿，那时巫峡的涛响；
  更有那哀怨的琵琶，在深夜的浔阳！

但这千余年的痿痹，千余年的懵懂：
  更无从辨认——当初华族的优美、从容！
摧残这生命的艺术，是何处来的狂风？——
  缅念那遍中原的白骨，我不能无恸！

我是一枚飘泊的黄叶，在旋风里飘泊，
  回想所从来的巨干，如今枯秃，
我是一颗不幸的水滴，在泥潭里匍匐——

但这干涸了的涧身，亦曾有水流活泼。

我欲化一阵春风，一阵吹嘘生命的春风，
　　催促那寂寞的大木，惊破他深长的迷梦；
我要一把倔强的铁锹，铲除淤塞与臃肿，
　　开放那伟大的潜流，又一度在宇宙间汹涌。

为此我羡慕这岛民依旧保持着往古的风尚，
　　在朴素的乡间想见古社会的雅驯、清洁、壮旷；
我不敢不祈祷古家邦的重光，但同时我愿望——
　　愿东方的朝霞永葆扶桑的优美，优美的扶桑！

1925 年 8 月中华书局《志摩的诗》

诗
歌

西伯利亚道中忆西湖秋雪庵芦色作歌

我捡起一枝肥圆的芦梗，
　　在这秋月下的芦田；
我试一试芦笛的新声，
　　在月下的秋雪庵前。

这秋月是纷飞的碎玉，
　　芦田是神仙的别殿；
我弄一弄芦管的幽乐——
　　我映影在秋雪庵前。

我先吹我心中的欢喜——
　　清风吹露芦雪的酥胸；
我再弄我欢喜的心机——
　　芦田中见万点的飞萤。

我记起了我生平的惆怅，
　　中怀不禁一阵的凄迷，
笛韵中也听出了新来凄凉——
　　近水间有断续的蛙啼。

这时候芦雪在明月下翻舞，
　　我暗地思量人生的奥妙，
我正想谱一折人生的新歌，

啊，那芦笛（碎了）再不成音调！

　　这秋月是缤纷的碎玉，
　　　　芦田是仙家的别殿；
　　我弄一弄芦管的幽乐，——
　　　　我映影在秋雪庵前。

　　我捡起一枝肥圆的芦梗，
　　　　在这秋月下的芦田；
　　我试一试芦笛的新声，
　　　　在月下的秋雪庵前。

　　　　　　　1925 年 9 月 7 日《晨报副镌》

诗
歌

103

在不知名的道旁（印度）

写于一九二八年九月。

什么无名的苦痛，悲悼的新鲜，
什么压迫，什么冤屈，什么烧烫
你体肤的伤，妇人，使你蒙着脸
在这昏夜，在这不知名的道旁，
任凭过往人停步，讶异地看你，
你只是不作声，黑绵绵的坐地？

还有蹲在你身旁悚动的一堆，
一双小黑眼闪荡着异样的光，
像暗云天偶露的星晞，她是谁？
疑惧在她脸上，可怜的小羔羊，
她怎知道人生的严重，夜的黑，
她怎能明白运命的无情，惨刻？

聚了，又散了，过往人们的讶异。
刹那的同情也许；但他们不能
为你停留，妇人，你与你的儿女；
伴着你的孤单，只昏夜的阴沉，
与黑暗里的荧光，飞来你身旁，
来照亮那小黑眼闪荡的星芒！

1929 年 2 月 1 日《金屋月刊》第 1 卷第 2 期

沪杭车中

匆匆匆！催催催！

一卷烟，一片山，几点云影，

一道水，一条桥，一支橹声，

一林松，一丛竹，红叶纷纷；

　　艳色的田野，艳色的秋景，

梦境似的分明，模糊，消隐——

　　催催催！是车轮还是光阴？

催老了秋容，催老了人生！

1923 年 11 月 10 日《小说月报》第 14 卷第 11 号

三月十二深夜大沽口外

写于一九二六年三月十二日。

今夜困守在大沽口外：

　　绝海里的俘虏，

　　对着忧愁申诉；

桅上的孤灯在风前摇摆：

　　天昏昏有层云裹，

　　那掣电是探海火！

你说不自由是这变乱的时光？

　　但变乱还有时罢休，

　　谁敢说人生有自由？

今天的希望变作明天的怅惘；

　　星光在天外冷眼瞅，

　　人生是浪花里的浮沤！

我此时在凄冷的甲板上徘徊，

　　听海涛迟迟的吐沫，

　　心空如不波的湖水；

只一丝云影在这湖心里晃动——

　　不曾渗透的一个迷梦，

　　不忍渗透的一个迷梦！

1926 年 3 月 22 日《晨报副镌》

母亲，那还只是前天

我完全是你的，你唯一的儿；

你那时是我思想与关切的中心：

太阳在天上，你在我的心里；

每回你病了，妈妈，如其医生们说病重，

我就忍不住背着你哭，

心想这世界的末日快来了；

那时我再没有更快活的时刻，除了

和你一床睡着，我亲爱的妈妈，

枕着你的臂膀，贴近你的胸膛，

跟着你和平的呼吸放心的睡熟，

正像是一个初离奶的小孩。

但在那二十几年间虽则那样真挚的忠心的爱，

我自己却并不知道；"爱"那个不顺口的字，

那时不在我的口边，

就这先天的一点孝心完全浸没了我的天性与生命。

这来的变化多大呀！

这不是说，真的，我不再爱你，

妈！或是爱你不比早年，那不是实情；

只是我新近懂得了爱，

再不像原先那天真的童子的爱，

这来是成人的爱了：

诗
歌

我，妈的孩子，已经醒起，并且觉悟了
这古怪的生命要求；

生命，它那进口的大门是
一座不灭的烈焰！爱——
谁要领略这里面的奥妙，
谁要觉着这里面的搏动，
（在我们中间能有几个到死不留遗憾的！）
就得投身进这焰腾腾的门内去——

但是，妈，亲爱的，让我今天明白的招认
对父母的爱，孝，不是爱的全部；
那是不够的，迟早有一天，
这"爱人"化的儿子会得不自主的
移转他那思想与关切的中心，
从他骨肉的来源，
到那唯一的灵魂，
他如今发现这是上帝的旨意
应得与他自己的融合成一体——

自今以后——
不必担心，亲爱的母亲，不必愁
你唯一的孩儿会得在情感上远着你们——

啊不，你正应得欢喜，妈妈呀！
因为他，你的儿，从今起能爱，
是的，能用双倍的力量来爱你，
他的忠心只是比先前益发的集中了；
因为他，你的孩儿，已经寻着了快乐，
身体与灵魂，
并且初次觉着这世界还是值得一住的，
他从没有这样想过，
人生也不是过分的刻薄——
他这来真的得着了他应有的名分，
因此他在感激与欢喜中竟想
赞美人生与宇宙了！

妈呀"我们俩"赤心的，联心的爱你，
真真的爱你，
像一对同胞的稚鸽在睡醒时
爱白天的清光。

1925 年 8 月 31 日《晨报副镌》

诗
歌

笑解烦恼结（送幼仪）

写于一九二二年六月。

一

这烦恼结，是谁家扭得水尖儿难透？
这千缕万缕烦恼结是谁家忍心机织？
这结里多少泪痕血迹，应化沉碧！
忠孝节义——咳，忠孝节义谢你维系
　　四千年史髅不绝，
却不过把人道灵魂磨成粉屑，
黄海不潮，昆仑叹息，
四万万生灵，心死神灭，中原鬼泣！
咳，忠孝节义！

二

东方晓，到底明复出，
如今这盘糊涂账，
如何清结？

三

莫焦急，万事在人为，只消耐心
　　共解烦恼结。
虽严密，是结，总有丝缕可觅，
莫怨手指儿酸、眼珠儿倦，
可不是抬头已见，快努力！

110

四

如何！毕竟解散，烦恼难结，烦恼苦结。

来，如今放开容颜喜笑，握手相劳；

此去清风白日，自由道风景好。

听身后一片声欢，争道解散了结儿，

消除了烦恼！

1922 年 11 月 8 日《新浙江报·新朋友》

诗
歌

哀曼殊斐儿

写于一九二三年三月十一日。

我昨夜梦入幽谷，

　　听子规在百合丛中泣血，

我昨夜梦登高峰，

　　见一颗光明泪自天堕落。

古罗马的郊外有座墓园，

　　静偃着百年前客殇的诗骸；

百年后海岱士黑辇的车轮，

　　又喧响在芳丹卜罗的青林边。

说宇宙是无情的机械，

　　为甚明灯似的理想闪耀在前？

说造化是真善美之表现，

　　为甚五彩虹不常住天边？

我与你虽仅一度相见——

　　但那二十分不死的时间！

谁能信你那仙姿灵态，

　　竟已朝露似的永别人间？

非也！生命只是个实体的幻梦：

　　美丽的灵魂，永承上帝的爱宠；

三十年小住，只似昙花之偶现，

112

泪花里我想见你笑归仙宫。

你记否伦敦约言，曼殊斐儿！
　　今夏再见于琴妮湖之边；
琴妮湖永抱着白朗矶的雪影，
　　此日我怅望云天，泪下点点！

我当年初临生命的消息，
　　梦觉似的骤感恋爱之庄严；
生命的觉悟是爱之成年，
　　我今又因死而感生与恋之涯沿！

同情是掼不破的纯晶，
　　爱是实现生命之唯一途径：
死是座伟秘的洪炉，此中
　　凝练万象所从来之神明。

我哀思焉能电花似的飞骋，
　　感动你在天日遥远的灵魂？
我洒泪向风中遥送，
　　问何时能掀破生死之门？

1923 年 3 月 18 日《努力周报》第 44 期

诗
歌

默境

我友，记否那西山的黄昏，
钝氲里透出的紫霭红晕，
漠沉沉，黄沙弥望，恨不能
登山顶，饱餐西陲的菁英，
全仗你吊古殷勤，趋别院，
度边门，惊起了卧犬狰狞。
墓庭的光景，却别是一味
苍凉，别是一番苍凉境地：
我手剔生苔碑碣，看冢里
僧骸是何年何代，你轻踹
生苔庭砖，细数松针几枚；
不期间彼此缄默的相对，
僵立在寂静的墓庭墙外，
同化于自然的宁静，默辨
静里深蕴着普遍的义韵；
我注目在墙畔一穗枯皂，
听邻庵经声，听风抱树梢，
听落叶，冻鸟零落的音调，
心定如不波的湖，却又教
连珠似的潜思泛破，神凝

114

如千年僧骸的尘埃，却又
被静的底里的热焰熏点；

我友，感否这柔韧的静里，
蕴有钢似的迷力，满充着
悲哀的况味，阐悟的几微，
此中不分春秋，不辨古今，
生命即寂灭，寂灭即生命，
在这无终始的洪流之中，
难得素心人悄然共游泳；
纵使阐不透这凄伟的静，
我也怀抱了这静中涵濡，
温柔的心灵；我便化野鸟
飞去，翅羽上也永远染了
欢欣的光明，我便向深山
去隐，也难忘你游目云天，
游神象外的 Transfiguration

我友！知否你妙目——漆黑的
圆睛——放射的神辉，照彻了

我灵府的奥隐，恍如昏夜
行旅，骤得了明灯，刹那间
周遭转换，涌现了无量数
理想的楼台，更不见墓园
风色，再不闻衰冬吁喟，但
见玫瑰丛中，青春的舞蹈
与欢容，只闻歌颂青春的
谐乐与欢悰；——
　　　　　　轻捷的步履，
你永向前领，欢乐的光明，
你永向前引：我是个崇拜
青春、欢乐与光明的灵魂。

　　　　1923 年 4 月 20 日《时事新报·学灯》

泰山

山！
你的阔大的巉岩，
像是绝海的惊涛，
忽地飞来，
  凌空
   不动，
在沉默的承受
日月与云霞拥戴的光豪；

更有万千星斗
  错落
在你的胸怀，
  诉说
   隐奥，
蕴藏在
岩石的核心与崔嵬的天外！

1931 年 7 月《新月》第 3 卷第 9 号

诗
歌

青年杂咏

一九二二年春写于英国。

一

青年！

你为什么沉湎于悲哀？

你为什么耽乐于悲哀？

你不幸为今世的青年，

你的天是沉碧奈何天；

你筑起了一座水晶宫殿，

在"眸冷骨累"（melancholy）的河水边。

河流流不尽骨累眸冷，

还夹着些些残枝断梗，

一声声失群雁的悲鸣，

水晶宫朝朝暮暮反映——

映出悲哀，飘零，眸子吟，

无聊，宇宙，灰色的人生，

你独生在宫中，青年呀，

霉朽了你冠上的黄金！

二

青年！

你为什么迟徊于梦境？

118

你为什么迷恋于梦境?

你幸而为今世的青年,

你的心是自由梦魂心,

你抛弃你尘秽的头巾,

解脱你肮脏的外内衿,

露出赤条条的洁白身,

跃入缥缈的梦潮清冷,

浪势奔腾,侧眼波罅里,

看朝彩晚霞,满天的星,——

梦里的光景,模糊,绵延,

却又分明;梦魂,不愿醒,

为这大自在的无终始,

任凭长鲸吞噬,亦甘心。

三

　　　　青年!

你为什么醉心于革命,

你为什么牺牲于革命?

黄河之水来自昆仑巅,

泛流华族支离之遗骸,

诗
歌

119

挟黄沙莽莽，沉郁音响，
苍凉，惨如鬼哭满中原！
华族之遗骸！浪花荡处
尚可认伦常礼教，祖先，
神主之断片，——君不见
两岸遗孽，枉戴着忠冠、
孝辫、抱缺守残，泪眼看
风云暗淡，"道丧"的人间！
运也！这狂澜，有谁能挽，
问谁能挽精神之狂澜？

1923 年 3 月 18 日《时事新报·学灯》

悲观

一

青草地，
牛吃草，
摇头掉尾，
天上的青云白云
卷来卷去。

二

登山头，
望城里，
只见黑沉沉的屋顶
　　鳞次栉比，
街道上尘烟里，
　　生灵挤挤。

三

教堂前，
钟声里，
白衣的牧师
和黑裙黑披的老妇女，

聚复散，散复聚。

四

歌舞场，

繁华地，

白的红的，黑的绿的，

高冠长裙，笑语依稀。

五

庙堂中，

柴堆里，

几块破烂的木头，

当年受香烟礼拜的偶像，

面目未朽，未朽！

六

战场上，

壕沟里，

枪炮倒在败草间，

到处残破的房屋，

　　肢体，血痕缕缕。

七

天灾国，

饥荒地，

草尽木稀，

小儿不啼，

黑灰色的空气。

八

心死国，

人荒境，

有影无形，

有声无气，

深谷里的子规，

　　见月不啼。

九

噫！

噫！

十

幻象破，

上帝死，

半夜梦醒睡已尽，

但这黑昏昏，阴森森

　　鬼棱棱……

十一

这心头

压着全世界的重量，咳！全宇宙

这精神的宇宙

这宇宙的宇宙，

都是空，空，空，……

十二

休！

休！

1969 年台湾传记文学出版社《徐志摩全集》第 1 集

残破

一

深深的在深夜里坐着：
当窗有一团不圆的光亮，
　　风挟着灰土，在大街上
　　　　小巷里奔跑：
我要在枯秃的笔尖上袅出
一种残破的残破的音调，
为要抒写我的残破的思潮。

二

深深的在深夜里坐着：
生尖角的夜凉在窗缝里
　　妒忌屋内残余的暖气，
　　　　也不饶恕我的肢体：
但我要用我半干的墨水描成
一些残破的残破的花样，
因为残破，残破是我的思想。

三

深深的在深夜里坐着，
左右是一些丑怪的鬼影：

焦枯的落魄的树木

　　在冰沉沉的河沿叫喊，

比着绝望的姿势，

正如我要在残破的意识里

　　重兴起一个残破的天地。

四

深深的在深夜里坐着，

闭上眼回望到过去的云烟：

啊，她还是一枝冷艳的白莲，

　　斜靠着晓风，万种的玲珑；

但我不是阳光，也不是露水，

我有的只是些残破的呼吸，

　　如同封锁在壁橡间的群鼠，

追逐着，追求着黑暗与虚无！

　　　　　　1930 年 4 月《现代学生》第 1 卷第 6 期

灰色的人生

我想——我想开放我的宽阔的粗暴的嗓音，唱一支野蛮的大胆的骇

人的新歌；我想拉破我的袍服，我的整齐的袍服，露出我的胸腔，肚腹，肋骨与筋络；

我想放散我一头的长发，像一个游方僧似的散披着一头的乱发；

我也想跣我的脚，跣我的脚，在巉牙似的道上，快活地，无畏地走着。

我要调谐我的嗓音，傲慢的，粗暴的，唱一阕荒唐的，摧残的，弥漫的歌调；

我伸出我的巨大的手掌，向着天与地，海与山，无餍地求讨，寻捞；

我一把揪住了西北风，问它要落叶的颜色，

我一把揪住了东南风，问它要嫩芽的光泽；

我蹲身在大海的边旁，倾听它的伟大的酣睡的声浪；

我捉住了落日的彩霞，远山的露霭，秋月的明辉，散放在我的发上，

胸前，袖里，脚底……

我只是狂喜地大踏步地向前——向前——口唱着暴

烈的，粗伧的，不成章的歌调；

　　来，我邀你们到海边去，听风涛震撼大空的声调；

　　来，我邀你们到山中去，听一柄利斧斫伐老树的清音；

　　来，我邀你们到密室里去，听残废的，寂寞的灵魂的呻吟；

　　来，我邀你们到云霄外去，听古怪的大鸟孤独的悲鸣；

　　来，我邀你们到民间去，听衰老的，病痛的，贫苦的，残毁的，受压迫的，烦闷的，奴服的，懦怯的，丑陋的，罪恶

　　的，自杀的，

　　　　——和着深秋的风声与

雨声——合唱的"灰色的人生"！

1923 年 10 月 21 日《努力周报》第 75 期

风，雨，山岳的震怒：

　　　猛进，猛进！

显你们的猖獗，暴烈，威武；

　　　霹雳是你们的酣，

　　　雷震是你们的军鼓——

万丈的峰峦在涌汹的战阵里

　　　失色，动摇，颠播；

　　　猛进，猛进！

这黑沉沉的下界，是你们的俘虏！

壮观！仿佛跳出了人生的关塞，

凭着智慧的明辉，回看

这伟大的悲惨的趣剧，在时空

无际的舞台上，更番的演着：——

我驻足在岱岳顶巅，

在阳光朗照着的顶巅，俯看山腰里

蜂起的云潮敛着，叠着，渐缓的

淹没了眼下的青峦与幽壑：

雾时的开始了，骇人的工作。

自

然

与

人

生

诗
歌

129

风，雨，雷霆，山岳的震怒——
　　猛进，猛进！
矫捷的，猛烈的：吼着，打击着，咆哮着；
烈情的火焰，在层云中狂窜：
恋爱，嫉妒，咒诅，嘲讽，报复，牺牲，烦闷，
　　疯犬似的跳着，追着，噪着，咬着，
毒蟒似的绞着，翻着，扫着，舐着——
　　猛进，猛进！
狂风，暴雨，电闪，雷霆：
　　烈情与人生！

静了，静了——
不见了晦盲的云罗与雾锢，
只有轻纱似的浮沤，在透明的晴空，
冉冉的飞升，冉冉的翳隐，
像是白羽的安琪，捷报天庭。

静了，静了——
眼前消失了战阵的幻景，
回复了幽谷与冈峦与森林，

青葱，凝静，芳馨，像一个浴罢的处女，
忸怩的无言，默默的自怜。

变幻的自然，变幻的人生，
瞬息的转变，暴烈与和平，
剜心的惨剧与怡神的宁静：——
谁是主，谁是宾，谁幻复谁真？
莫非是造化儿的诙谐与游戏，
恣意的反复着涕泪与欢喜，
厄难与幸运，娱乐他的冷酷的心，
与我在云外看雷阵，一般的无情？

1924 年 2 月 5 日《晨报·文学旬刊》

问谁

问谁？呵，这光阴的播弄
　　问谁去声诉，
在这冻沉沉的深夜，凄风
　　吹拂她的新墓？

"看守，你须用心的看守，
　　这活泼的流溪，
莫错过，在这清波里优游，
　　青脐与红鳍！"

那无声的私语在我的耳边
　　似曾幽幽的吹嘘，——
像秋雾里的远山，半化烟，
　　在晓风前卷舒。

因此我紧揽着我生命的绳网，
　　像一个守夜的渔翁，
兢兢的，注视着那无尽流的时光——
　　私冀有彩鳞掀涌。

但如今，如今只余这破烂的渔网——
　　嘲讽我的希冀，
我喘息的怅望着不复返的时光；

泪依依的憔悴！

又何况在这黑夜里徘徊，
　　黑夜似的痛楚：
一个星芒下的黑影凄迷——
　　留恋着一个新墓！

问谁……我不敢抢呼，怕惊扰
　　这墓底的清淳；
我俯身，我伸手向她搂抱——
　　啊，这半潮润的新坟！

这惨人的旷野无有边沿，
　　远处有村火星星，
丛林中有鸱鸮在悍辩——
　　此地有伤心，只影！

这黑夜，深沉的，环包着大地；
　　笼罩着你与我——
你，静凄凄的安眠在墓底；
　　我，在迷醉里摩挲！

正愿天光更不从东方

按时的泛滥：

我便永远依偎着这墓旁——

在沉寂里消幻——

但青曦已在那天边吐露，

　　苏醒的林鸟，

已在远近间相应喧呼——

　　又是一度清晓。

不久，这严冬过去，东风

　　又来催促青条：

便妆缀这冷落的墓宫，

　　亦不无花草飘摇。

但为你，我爱，如今永远封禁

　　在这无情的地下——

我更不盼天光，更无有春信：

　　我的是无边的黑夜！

1925 年 8 月中华书局《志摩的诗》

那一点神明的火焰

又是一个深夜，寂寞的深夜，在山中，
浓雾里不见月影，星光，就只我：
一个冥蒙的黑影，蹀躞的沉思，
沉思的蹀躞，在深夜，在山中，在雾里，
我想着世界，我的身世，懊怅，凄迷，
灭绝的希冀，又在我的心里惊悸，
摇曳，像雾里的草须：她在哪里？
啊！她；这深夜，这浓雾，淹没了
天外的星光与月彩，却遮不住
那一点的光明，永远的，永远的，像一星
宝石似的火花，在我灵魂的底里；我正愿，
我愿保持这不朽的灵光，直到那一天
时间要求我的尘埃，我的心停止了跳动，
在时间浩瀚的尘埃里，却还存着那一点——
那一点神明的火焰，跳动，光艳，

    不变
    不变！

1925 年 3 月 25 日《晨报·文学旬刊》

诗歌

135

一星弱火

写于一九二五年三月一日。

我独坐在半山的石上，
　　看前峰的白云蒸腾，
一只不知名的小雀，
　　嘲讽着我迷惘的神魂。

白云一饼饼的飞升，
　　化入了辽远的无垠；
但在我逼仄的心头，啊，
　　却凝敛着惨雾与愁云！

皎洁的晨光已经透露，
　　洗净了青屿似的前峰；
像墓墟间的磷光惨淡，
　　一星的微焰在我的胸中。

但这惨淡的弱火一星，
　　照射着残骸与余烬，
虽则是往迹的嘲讽，
　　却绵绵的长随时间进行！

　　　　　　1925 年 8 月中华书局《志摩的诗》

无
题

原是你的本分，朝山人的胫踝，
这荆刺的伤痛！回看你的来路，
看那草丛乱石间斑斑的血迹，
在暮霭里记认你从来的踪迹！
且缓抚摩你的肢体，你的止境
还远在那白云环拱处的山岭！

无声的暮烟，远从那山麓与林边，
渐渐的潮没了这旷野，这荒天，
你渺小的孑影面对这冥盲的前程，
像在怒涛间的轻航失去了南针；
更有那黑夜的恐怖，悚骨的狼嗥，
狐鸣、鹰啸、蔓草间有蝮蛇缠绕！

退后？——昏夜一般的吞蚀血染的来踪，
倒地？——这懦怯的累赘问谁去收容？
前冲？啊，前冲！冲破这黑暗的冥凶，
冲破一切的恐怖、迟疑、畏葸、苦痛，
血淋漓的践踏过三角棱的劲刺，
从莽中伏兽的利爪，蜿蜒的虫豸！

前冲；灵魂的勇是你成功的秘密！
这回你看，在这决心舍命的瞬息，
迷雾已经让路，让给不变的天光，
一弯青玉似的明月在云隙里探望，
依稀窗纱间美人启齿的瓠犀，——
那是灵感的赞许，最恩宠的赠与！

更有那高峰，你那最想望的高峰，
亦已涌现在当前，莲苞似的玲珑，
在蓝天里，在月华中，秾艳，崇高，
朝山人，这异像便是你跋涉的酬劳！

1925 年 8 月中华书局《志摩的诗》

月下待杜鹃不来

看一回凝静的桥影，
数一数螺钿的波纹，
我倚暖了石栏的青苔，
青苔凉透了我的心坎；

月儿，你休学新娘羞，
把锦被掩盖你光艳首，
你昨宵也在此勾留，
可听她允许今夜来否？

听远村寺塔的钟声，
像梦里的轻涛吐复收，
省心海念潮的涨歇，
依稀漂泊踉跄的孤舟；

水粼粼，夜冥冥，思悠悠，
何处是我恋的多情友；
风飕飕，柳飘飘，榆钱斗斗，
令人长忆伤春的歌喉。

1923 年 3 月 29 日《时事新报·学灯》

诗
歌

杜鹃

写于一九二九年四月。

杜鹃,多情的鸟,他终宵唱:
在夏荫深处,仰望着流云,
飞蛾似围绕亮月的明灯,
星光疏散如海滨的渔火,
甜美的夜在露湛里休憩,
他唱,他唱一声"割麦插禾"——
农夫们在天放晓时惊起。

多情的鹃鸟,他终宵声诉,
是怨,是慕,他心头满是爱,
满是苦,化成缠绵的新歌,
柔情在静夜的怀中颤动;
他唱,口滴着鲜血,斑斑的,
染红露盈盈的草尖,晨光
轻摇着园林的迷梦;他叫,
他叫,他叫一声:"我爱哥哥!"

1929 年 5 月 10 日《新月》第 2 卷第 3 号

黄鹂

一掠颜色飞上了树，
"看，一只黄鹂！" 有人说。
翘着尾尖，它不作声，
艳异照亮了浓密——
像是春光，火焰，像是热情。

等候它唱，我们静着望，
怕惊了它。但它一展翅，
冲破浓密，化一朵彩云；
它飞了，不见了，没了——
像是春光，火焰，像是热情。

1930 年 2 月 10 日《新月》第 2 卷第 12 号

诗
歌

雁儿们

雁儿们在云空里飞，
　　看她们的翅膀，
　　看她们的翅膀，
有时候纡回，
　　有时候匆忙。

雁儿们在云空里飞，
　　晚霞在她们身上，
　　晚霞在她们身上，
有时候银辉，
　　有时候金芒。

雁儿们在云空里飞，
　　听她们的歌唱！
　　听她们的歌唱！
有时候伤悲，
　　有时候欢畅。

雁儿们在云空里飞，

　　为什么翱翔?

　　为什么翱翔?

　　她们少不少旅伴?

　　她们有没有家乡?

　　雁儿们在云空里彷徨，

　　　　天地就快昏黑!

　　　　天地就快昏黑!

　　前途再没有天光，

　　孩子们往哪儿飞?

　　天地在昏黑里安睡，

　　　　昏黑迷住了山林，

　　　　昏黑催眠了海水;

　　这时候有谁在倾听

　　昏黑里泛起的伤悲。

1931 年 9 月 20 日《北斗》创刊号

诗
歌

春的投生

昨晚上，
再前一晚也是的，
在雷雨的猖狂中
春投生入残冬的尸体。

不觉得脚下的松软，
耳鬓间的温驯吗？
树枝上浮着青，
潭里的水漾成无限的缠绵；
再有你我肢体上
胸膛间的异样的跳动；

桃花早已开上你的脸，
我在更敏锐的消受
你的媚，吞咽

你的连珠的笑；
你不觉得我的手臂
更迫切的要求你的腰身，
我的呼吸投射到你的身上
如同万千的飞萤投向光焰？

这些，还有别的许多说不尽的，
和着鸟雀们的热情的回荡，
都在手携手的赞美着
春的投生。

1929 年 12 月 10 日《新月》第 2 卷第 2 号

诗
歌

季候

一

他俩初起的日子，
像春风吹着春花。
花对风说："我要，"
风不回话：他给！

二

但春花早变了泥，
春风也不知去向。
她怨，说天时太冷；
"不久就冻冰。"他说。

1930 年 2 月 10 日《新月》第 2 卷第 12 号

最后的那一天

在春风不再回来的那一年，
在枯枝不再青条的那一天，
　　那时间天空再没有光照，
　　只黑蒙蒙的妖氛弥漫着：
太阳，月亮，星光死去了的空间；

在一切标准推翻的那一天，
在一切价值重估的那时间，
　　暴露在最后审判的威灵中，
　　一切的虚伪与虚荣与虚空，
赤裸裸的灵魂们匍匐在主的跟前；——

我爱，那时间你我再不必张皇，
更不须声诉，辨冤，再不必隐藏，——
　　你我的心，像一朵雪白的并蒂莲，
　　在爱的青梗上秀挺，欢欣，鲜妍，——
在主的跟前，爱是唯一的荣光。

1927 年 9 月上海新月书店《翡冷翠的一夜》

诗
歌

147

北方的冬天是冬天

写于一九二三年一月二十二日。

北方的冬天是冬天！
满眼黄沙漠漠的地与天；
赤膊的树枝，硬搅着北风先——
一队队敢死的健儿，傲立在战阵前！
不留半片残青，没有一丝黏恋，
只拼着精光的筋骨；凝敛着生命的精液，
耐，耐三冬的霜鞭与雪拳与风剑，
直耐到春阳征服了消杀与枯寂与凶惨，
直耐到春阳打开了生命的牢监，
放出一瓣的树头鲜！
直耐到忍耐的奋斗功效见，
健儿克敌回家酣笑颜！
北方的冬天是冬天！
满眼黄沙茫茫的地与天；
田里一只呆顿的黄牛，
西天边画出几线的悲鸣雁。

1923 年 1 月 28 日《努力周报》第 39 期

148

秋月呀!

谁禁得起银指尖儿

浪漫地搔爬呵!

不信但看那一海的轻涛,可不是禁不住

它玉指的抚摩,

　　　在那里低徊饮泣呢!就是那

无聊的熏烟,

秋月的美满,

熏暖了飘心冷眼,

也清冷地穿上了轻缟的衣裳,

来参与这

美满的婚姻和丧礼。

1922 年 11 月 6 日《新浙江报·新朋友》

天国的消息

约写于一九二四年秋。

可爱的秋景！无声的落叶，
轻盈的，轻盈的，掉落在这小径，
竹篱内，隐约的，有小儿女的笑声：

呖呖的清音，缭绕着村舍的静谧，
仿佛是幽谷里的小鸟，欢噪着清晨，
驱散了昏夜的晦塞，开始无限光明。

霎那的欢欣，昙花似的涌现，
开豁了我的情绪，忘却了春恋，
人生的惶惑与悲哀，惆怅与短促——
在这稚子的欢笑声里，想见了天国！

晚霞泛滥着金色的枫林，
凉风吹拂着我孤独的身形；
我灵海里啸响着伟大的波涛，
应和更伟大的脉搏，更伟大的灵潮！

1925 年 8 月中华书局《志摩的诗》

150

秋月

写于一九三零年十月中旬。

一样是月色，

今晚上的，因为我们都在抬头看——

看它，一轮腴满的妩媚，

从乌黑得如同暴徒一般的

云堆里升起——

看得格外的亮，分外的圆。

它展开在道路上，

它飘闪在水面上，

它沉浸在

水草盘结得如同忧愁般的水底；

它睥睨在古城的雉堞上，

万千的城砖在它的清亮中呼吸，

它抚摸着

错落在城厢外内的墓墟，

在宿鸟的断续的呼声里，

想见新旧的鬼，

也和我们似的相依偎的站着，

诗歌

眼珠放着光，

咀嚼着彻骨的阴凉：

银色的缠绵的诗情

如同水面的星磷，

在露盈盈的空中飞舞。

听那四野的吟声——

永恒的卑微的谐和，

悲哀揉和着欢畅，

怨仇与恩爱，

晦冥交抱着火电，

在这夐绝的秋夜与秋野的苍茫中，

"解化"的伟大

在一切纤微的深处

展开了

婴儿的微笑！

十月中

1930 年 11 月《现代学生》第 1 卷第 2 期

夜半松风

写于一九二四年五月二十日。

这是冬夜的山坡，
坡下一座冷落的僧庐，
庐内一个孤独的梦魂：

    在忏悔中祈祷，在绝望中沉沦；——

为什么这怒叫，这狂啸，
鼍鼓与金钲与虎与豹？
为什么这幽诉，这私慕？
烈情的惨剧与人生的坎坷——

    又一度潮水似的淹没了
这彷徨的梦魂与冷落的僧庐？

1924 年 7 月 11 日《晨报·文学旬刊》第 41 号

诗
歌

清风吹断春朝梦

写于一九二二年八月三日。

片片鹅绒眼前纷舞，
　　疑是梅心蝶骨醉春风；
一阵阵残琴碎箫鼓，
　　依稀山风催瀑弄青松；

梦底的幽情，素心，
缥缈的梦魂，梦境，——
都教晓鸟声里的清风，
轻轻吹拂——吹拂我枕衾，
枕上的温存——，将春梦解成
丝丝缕缕，零落的颜色声音！
这些深灰浅紫，梦魂的认识，
依然黏恋在梦上的边陲。
无如风吹尘起，漫潦梦屐，
纵心愿归去，也难不见涂踪便；

清风！你来自青林幽谷，
　　款布自然的音乐，
　　轻怀草意和花香，
　　温慰诗人的幽独，
　　攀帘问小姑无恙，

154

知否你晨来呼唤，

唤散一缘缱绻缠——

梦里深浓的恩缘？

任春朝富的温柔，

问谁偿逍遥自由？

只看一般梦意阑珊，——

诗心，恋魂，理想的彩云，——

一似狼藉春阴的玫瑰，

一似鹃鸟黎明的幽叹，

韵断香散，仰望天高云远，

梦翅双飞，一逝不复还！

（1923 年 6 月 5 日《时事新报·学灯》）

十日前作《春梦》，偶然拈得此题，今日始勉强成
咏，诗意过揉且隐，词只掠影之功，音节不纯，尤所
深憾；然梦固难显，灵奥亦何能遽达，独恨神游未远，
又被同来阻隔耳！

八月三日

诗
歌

山中大雾看景

约写于一九二四年十二月。

这一瞬息的展雾——
　　是山雾
　　是台幕
这一转瞬的沉闷，
　　是云蒸，
　　是人生?

那分明是山、水、田、庐，
又分明是悲、欢、喜、怒，
啊，这眼前刹那间开朗，
我仿佛感悟了造化的无常!

1924 年 12 月 5 日《晨报·文学旬刊》

朝雾里的小草花

写于一九二四年八月。

这岂是偶然，小玲珑的野花！
　　你轻含着鲜露颗颗，
　　怦动的像是慕光明的花蛾，
在黑暗里想念焰彩，晴霞；

我此时在这蔓草丛中过路，
　　无端的内感，惆怅与惊讶，
　　在这迷雾里，在这岩壁下，
思忖着，泪怦怦的，人生与鲜露？

　　　　1924 年 12 月 5 日《晨报·文学旬刊》

诗
歌

157

五老峰

不可摇撼的神奇，
不容注视的威严，
这耸峙，这横蟠，
这不可攀援的峻险！
看！那巉岩缺处
透露着天，窈远的苍天，
在无限广博的怀抱间，
这磅礴的伟像显现！

是谁的意境，是谁的想象？
是谁的工程与搏造的手痕？
在这亘古的空灵中
陵慢着天风，天体与天氛！
有时朵朵明媚的彩云，
轻颤的，妆缀着老人们的苍鬓，
像一树虬干的古梅在月下
吐露了艳色鲜葩的清芬！

山麓前伐木的村童，
在山涧的清流中洗濯，呼啸，
认识老人们的嗔謷，
迷雾海沫似的喷涌，铺罩，
淹没了谷内的青林，

隔绝了鄱阳的水色袅渺，
陡壁前闪亮着火电，听呀！
五老们在渺茫的雾海外狂笑！

朝霞照他们的前胸，
晚霞戏逗着他们赤秃的头颅；
黄昏时，听异鸟的欢呼，
在他们鸠盘的肩旁怯怯的透露

不昧的星光与月彩：
柔波里，缓泛着的小艇与轻舸；
听呀！在海会静穆的钟声里，
有朝山人在落叶林中过路！

更无有人事的虚荣，
更无有尘世的仓促与噩梦，
灵魂！记取这从容与伟大，
在五老峰前饱啜自由的山风！
这不是山峰，这是古圣人的祈祷，
凝聚成这"冻乐"似的建筑神工，
给人间一个不朽的凭证，——
　一个"倔犟的疑问"在无极的蓝空！

1925 年 8 月中华书局《志摩的诗》

诗
歌

在那山道旁

在那山道旁，一天雾濛濛的朝上，
初生的小蓝花在草丛里窥觑，
我送别她归去，与她在此分离，
在青草里飘拂，她的洁白的裙衣。

我不曾开言，她亦不曾告辞，
驻足在山道旁，我暗暗的寻思：
"吐露你的秘密，这不是最好时机？"——
露湛的小草花，仿佛恼我的迟疑。

为什么迟疑，这是最后的时机，
在这山道旁，在这雾茫的朝上？
收集了勇气，向着她我旋转身去：——
但是啊！为什么她这满眼凄惶？

我咽住了我的话，低下了我的头：
火灼与冰激在我的心胸间回荡，
啊，我认识了我的命运，她的忧愁，——
在这浓雾里，在这凄清的道旁！

在那天朝上，在雾茫茫的山道旁，
新生的小蓝花在草丛里睥睨，
我目送她远去，与她从此分离——
在青草间飘拂，她那洁白的裙衣！

　　　　1924 年 12 月 1 日《晨报·文学旬刊》

诗
歌

先生！先生！

写于一九二三年十月三十日。

钢丝的车轮
在偏僻的小巷内飞奔——
"先生，我给先生请安您哪，先生。"

迎面一蹲身，
一个单布褂的女孩颤动着呼声——
雪白的车轮在冰冷的北风里飞奔。

紧紧的跟，紧紧的跟，
破烂的孩子追赶着铄亮的车轮——
"先生，可怜我一大吧，善心的先生！"
"可怜我的妈，
她又饿又冻又病，躺在道儿边直呻——
您修好，赏给我们一顿窝窝头，您哪，先生！"

162

"没有带子儿。"

坐车的先生说，车里戴大皮帽的先生——

　　飞奔，急转的双轮，紧追，小孩的呼声。

　　一路旋风似的土尘，

　　土尘里飞转着银晃晃的车轮——

　　"先生，可是您出门不能不带钱您哪，先生。"

　　"先生！……先生！"

　　紫涨的小孩，气喘着，断续的呼声——

　　飞奔，飞奔，橡皮的车轮不住的飞奔。

　　飞奔……先生……

　　飞奔……先生……

　　先生……先生……先生……

1923 年 12 月 11 日《晨报·文学旬刊》第 20 号

诗
歌

谁知道

写于一九二四年十一月初。

我在深夜里坐着车回家——
一个褴褛的老头他使着劲儿拉；
　　天上不见一个星，
　　街上没有一只灯：
　　那车灯的小火
　　冲着街心里的土——
　　左一个颠簸，右一个颠簸，
　　拉车的走着他的跟跄步；
　　……

"我说拉车的，这道儿哪儿能这么的黑？"
"可不是先生？这道儿真——真黑！"
他拉——拉过了一条街，穿过了一座门，
转一个弯，转一个弯，一般的暗沉沉；——
　　天上不见一个星，
　　街上没有一个灯：
　　那车灯的小火
　　蒙着街心里的土——
　　左一个颠簸，右一个颠簸，
　　拉车的走着他的跟跄步；
　　……

"我说拉车的，这道儿哪儿能这么的静？"

164

"可不是先生？这道儿真——真静！"
他拉——紧贴着一垛墙，长城似的长，
过一处河沿，转入了黑遥遥的旷野；——

　　天上不露一颗星，
　　道上没有一只灯：
　　那车灯的小火
　　晃着道儿上的土——
　　左一个颠簸，右一个颠簸，
　　拉车的走着他的踉跄步；
　　……

"我说拉车的，怎么这儿道上一个人都不见？"
"倒是有，先生，就是您不大瞧得见！"

　　我骨髓里一阵子的冷——
　　那边青缭缭的是鬼还是人？
　　仿佛听着呜咽与笑声——
　　啊，原来这遍地都是坟！
　　天上不亮一颗星，
　　道上没有一只灯：
　　那车灯的小火
　　缭着道儿上的土——
　　左一个颠簸，右一个颠簸，
　　拉车的跨着他的踉跄步；

诗
歌

165

......

"我说——我说拉车的喂！这道儿哪……
哪儿有这儿远？"
"可不是先生？这道儿真——真远！"
"可是……你拉我回家……你走错了道儿没有？"
"谁知道先生！谁知道走错了道儿没有！"
......

我在深夜里坐着车回家，
一堆不相识的褴褛他使着劲儿拉；
　　天上不明一颗星，
　　道上不见一只灯：
　　只那车灯的小火
　　袅着道儿上的土——
　　左一个颠簸，右一个颠簸。
　　拉车的跨着他的蹒跚步。

1924 年 11 月 9 日《晨报副镌》

166

拿回吧，劳驾，先生

啊，果然有今天，就不算如愿，
她这"我求你"也就够可怜！
"我求你，"她信上说，"我的朋友，
给我一个快电，单说你平安，
多少也叫我心宽。"叫她心宽！
扯来她忘不了的还是我——我，
虽则她的傲气从不肯认服；
害得我多苦，这几年叫痛苦
带住了我，像磨面似的尽磨！
还不快发电去，傻子，说太显——
或许不便，但也不妨占一点
颜色，叫她明白我不曾改变，
咳何止，这炉火更旺似从前！

我已经靠在发电处的窗前，
震震的手写来震震的情电，
递给收电的那位先生，问这

该多少钱，但他看了看电文，

又看我一眼，迟疑的说：“先生，

您没重打吧？方才半点钟前，

有一位年轻的先生也来发电，

那地址，那人名，全跟这一样，

还有那电文，我记得对，我想，

也是这……先生，您明白，反正

意思相似，就这签名不一样！”

“呃！是吗？噢，可不是，我真是昏！

发了又重发；拿回吧！劳驾，先生。”

1926年6月3日《晨报副镌·诗镌》第10号

火车擒住轨

火车擒住轨,在黑夜里奔:
过山,过水,过陈死人的坟;

过桥,听钢骨牛喘似的叫,
过荒野,过门户破烂的庙;

过池塘,群蛙在黑水里打鼓,
过噤口的村庄,不见一粒火;

过冰清的小站,上下没有客,
月台袒露着肚子,像是罪恶。

这时车的呻吟惊醒了天上
三两个星,躲在云缝里张望:

那是干什么的,他们在疑问,
大凉夜不歇着,直闹又是哼;

长虫似的一条，呼吸是火焰，
一死儿往暗里闯，不顾危险，

就凭那精窄的两道，算是轨，
驮着这份重，梦一般的累坠。

累坠！那些奇异的善良的人，
放平了心安睡，把他们不论；

俊的村的命全盘交给了它，
不论爬的是高山还是低洼，

不问深林里有怪鸟在诅咒，
天象的辉煌全对着毁灭走；

只图眼前过得，裂大嘴打呼，
明儿车一到，抢了皮包走路！

这态度也不错，愁没有个底；
你我在天空，那天也不休息，

睁大了眼，什么事都看分明，
但自己又何尝能支使运命？

说什么光明，智慧永恒的美，
彼此同是在一条线上受罪；

就差你我的寿数比他们强，
这玩艺反正是一片糊涂账。

1931 年 10 月 5 日《诗刊》第 3 期

诗
歌

小诗一首

我羡慕
　他的勇敢，
一点亮
　透出黑暗！

他只有
　那一闪的焰，
但不问
　宇宙的深浅。

多微弱
　他那点光，
寂寞的，在
　黑夜里彷徨！

1931 年 4 月 15 日《北大学生周刊》第 1 卷第 10 期

172

给——

我记不得维也纳，
　　除了你，阿丽思；
我想不起佛兰克府，
　　除了你，桃乐斯；
尼司，佛洛伦司，巴黎，
　　也都没有意味，
要不是你们的艳丽，——
　　玫思，麦蒂特，腊妹，
　　　翩翩的，盈盈的，
　　　孜孜的，婷婷的，
照亮着我记忆的幽黑，
　　像冬夜的明星，
　　像暑夜的游萤，——
　　怎教我不倾颓！
　　怎教我不迷醉！

1931 年 8 月上海新月书店《猛虎集》

诗
歌

173

献词

那天你翩翩的在空际云游，
自在，轻盈，你本不想停留
在天的哪方或地的哪角，
你的愉快是无拦阻的逍遥。

你更不经意在卑微的地面
有一流涧水，虽则你的明艳
在过路时点染了他的空灵，
使他惊醒，将你的倩影抱紧。

他抱紧的只是绵密的忧愁，
因为美不能在风光中静止；
他要，你已飞渡万重的山头，
去更阔大的湖海投射影子！

他在为你消瘦，那一流涧水，
在无能的盼望，盼望你飞回！

1931 年 8 月上海新月书店《猛虎集》

拜献

山，我不赞美你的壮健，
海，我不歌咏你的阔大，
风波，我不颂扬你威力的无边；
但那在雪地里挣扎的小草花，
路旁冥盲中无告的孤寡，
烧死在沙漠里想归去的雏燕，——
给他们，给宇宙间一切无名的不幸，
我拜献，拜献我胸胁间的热，
管里的血，灵性里的光明；
我的诗歌——在歌声嘹亮的一俄顷，
天外的云彩为你们织造快乐，

　　起一座虹桥，

　　指点着永恒的逍遥，

在嘹亮的歌声里消纳了无穷的苦厄！

1929 年 2 月 10 日《新月》第 2 卷第 12 号

客中

写于一九二五年九月。

今晚天上有半轮的下弦月；

　　　　我想携着她的手，

　　　　往明月多处走——

一样是清光，我说，圆满或残缺。

园里有一树开剩的玉兰花；

　　　　她有的是爱花癖，

　　　　我爱看她的怜惜——

一样是芬芳，她说，满花与残花。

浓荫里有一只过时的夜莺；

　　　　她受了秋凉，

　　　　不如从前浏亮——

快死了，她说，但我不悔我的痴情！

但这莺，这一树花，这半轮月——

　　　　我独自沉吟，

　　　　对着我的身影——

她在那里，啊，为什么伤悲，凋谢，残缺？

　　　　　　　　1925 年 12 月 10 日《晨报副镌》

太平景象

"卖油条的，来六根——再来六根。"
"要香烟吗，老总们，大英牌，大前门？
多留几包也好，前边什么买卖都不成。"

"这枪好，德国来的，装弹时手顺；"
"我哥有信来，前天，说我妈有病；"
"哼，管得你妈，咱们去打仗要紧。"

"亏得在江南，离着家千里的路程，
要不然我的家里人……唉，管得他们
眼红眼青，咱们吃粮的眼不见为净！"

"说是，这世界！做鬼不幸，活着也不称心；
谁没有家人老小，谁愿意来当兵拼命？"
"可是你不听长官说，打伤了有恤金？"

"我就不希罕那猫儿哭耗子的恤金！
脑袋就是一个，我就想不透为么要上阵，
砰，砰，打自个儿的弟兄，损己，又不利人。"

"你不见李二哥回来，烂了半个脸，全青？
他说前边稻田里的尸体，简直像牛粪，
全的、残的；死透的、半死的；烂臭、难闻。"

"我说这儿江南人倒懂事，他们死不当兵；
你看这路旁的皮棺，那田里玲巧的享亭，
草也青，树也青，做鬼也落个清静；"

比不得我们——可不是火车已经开行？——
天生是稻田里的牛粪——唉，稻田里的牛粪！
"喂，卖油条的，赶上来，快，我还要六根。"

白杨树上一阵鸦啼，
白杨树上叶落纷披，
白杨树下有荒土一堆：
亦无有青草，亦无有墓碑；

亦无有蛱蝶双飞，
亦无有过客依违，
有时点缀荒野的暮霭，
土堆邻近有青磷闪闪。

埋葬了也不得安逸，
髑髅在坟底叹息；
舍手了也不得静谧，
髑髅在坟底饮泣。

破碎的愿望梗塞我的呼吸，
伤禽似的震悸着他的羽翼；
白骨放射着赤色的火焰——
却烧不尽生前的恋与怨。

白杨在西风里无语，摇曳，
孤魂在墓窟的凄凉里寻味：
"从不享，可怜，祭扫的温慰，
更有谁存念我生平的梗概"！

1924 年 10 月 15 日《晨报副镌》

再不想望高远的天国

写于一九二六年二月二十三日。

我心头平添了一块肉，
这辈子算有了归宿！
　看白云在天际飞，
　听雀儿在枝上啼。
　忍不住感恩的热泪，
我喊一声天，我从此知足！
再不想望高远的天国！

　　　　　1926 年 3 月 22 日《晨报副镌》

诗歌

一小幅的穷乐图

写于一九二三年二月六日。

巷口一大堆新倒的垃圾，
大概是红漆门里倒出来的垃圾，
其中不尽是灰，还有烧不烬的煤，
不尽是残骨，也许骨中有髓，
骨坳里还黏着一丝半缕的肉片，
还有半烂的布条，不破的报纸，
两三梗取灯儿，一半枝的残烟；

这垃圾堆好比是个金山，
山上满偻着寻求黄金者，
一队的褴褛，破烂的布裤蓝袄，
一个两个数不清高撅的臀腰，
有小女孩，有中年妇，有老婆婆，
一手挽着筐子，一手拿着树条，
深深的弯着腰，不咳嗽，不唠叨，

182

也不争闹，只是向灰堆里寻捞，

向前捞捞，向后捞捞，两边捞捞，

肩挨肩儿，头对头儿，拨拨挑挑，

老婆婆捡了一块布条，上好一块布条！

有人专捡煤渣，满地多的煤渣，

妈呀，一个女孩叫道，我捡了一块鲜肉骨头，

　　回头熬老豆腐吃，好不好？

一队的褴褛，好比个走马灯儿，

转了过来，又转了过去，又过来了，

有中年妇，有女孩小，有婆婆老，

还有夹在人堆里趁热闹的黄狗几条。

　　　　1923 年 2 月 14 日《晨报副镌》第 41 号

诗
歌

梅雪争春（纪念三一八）

南方新年里有一天下大雪，
我到灵峰去探春梅的消息；
残落的梅萼瓣瓣在雪里腌，
我笑说这颜色还欠三分艳！

运命说：你赶花朝节前回京，
我替你备下真鲜艳的春景：
白的还是那冷翩翩的飞雪，
但梅花是十三龄童的热血！

1926 年 4 月 1 日《晨报副镌·诗镌》第 1 号

一个噩梦

我梦见你——
呵，你那憔悴的神情！——
　　手捧着鲜花腼腆的做新人；
我恼恨——我恨你的良心，
　　我又不忍，不忍你的疲损。

你为什么负心？我大声的诃问，——
　　但那喜庆的闹乐侵蚀了我的恚愤；
你为什么背盟？我又大声的诃问——
　　那碧绿的灯光照出你两腮的泪痕！

仓皇的，仓皇的，我四顾观礼的来宾——
　　为什么这满堂的鬼影与逼骨的阴森？
我又转眼看那新郎——
　　啊，上帝有灵光！——
却原来，偎傍着我爱，是一架骷髅狰狞！

　　　　　　1924 年 11 月 2 日《晨报副镌》

又一次试验

上帝捋着他的须，
说："我又有了兴趣；
上次的试验有点糟，
这回的保管是高妙。"

脱下了他的枣红袍，
戴上了他的遮阳帽，
老头他抓起一把土，
快活又有了工作做。

"这回不叫再像我，"
他弯着手指使劲塑；
"鼻孔还是给你有，
可不把灵性往里透！"

"给了也还是白丢，
能有几个走回头；
灵性又不比鲜鱼子，
化生在水里就长翅！"

"我老头再也不上当，
眼看圣洁的变肮脏，——
就这儿情形多可气，
哪个安琪身上不带蛆！"

1926年5月6日《晨报副镌·诗镌》第6号

186

散文

于千万人之中，遇见你所遇见的人；于千万年之中，时间的无涯荒野里，没有早一步，也没有晚一步，刚好赶上了，赶上了我的同路知己，从此，我们便开始了我们的缘分。

巴黎的鳞爪①

咳巴黎！到过巴黎的一定不会再希罕天堂；尝过巴黎的，老实说，连地狱都不想去了。整个的巴黎就像是一床野鸭绒的垫褥，衬得你通体舒泰，硬骨头都给薰酥了的——有时许太热一些。那也不碍事，只要你受得住。赞美是多余的，正如赞美天堂是多余的；咒诅也是多余的，正如咒诅地狱是多余的。巴黎，软绵绵的巴黎，只在你临别的时候轻轻地嘱咐一声："别忘了，再来！"其实连这都是多余的，谁不想再去? 谁忘得了?

香草在你的脚下，春风在你的脸上，微笑在你的周遭。不拘束你，不责备你，不督饬你，不窘你，不恼你，不揉你。它搂着你，可不缚住你：是一条温存的臂膀，不是根绳子。它不是不让你跑，但它那招逗的指尖却永远在你的记忆里晃着。多轻盈的步履，罗袜的丝光随时可以沾上你记忆的颜色！

但巴黎却不是单调的喜剧。赛因河的柔波里掩映着罗浮宫的倩影，它也收藏着不少失意人最后的呼吸。流着，温驯的水波；流着，缠绵的恩怨。咖啡馆：和着交颈的

---

① 1925 年全文分三部分，序言和《九小时的萍水缘》《先生，你见过香艳的肉没有? 》，12 月 21 日作完；分载 1925 年 12 月 16 日、17 日、24 日《晨报副刊》，均署名志摩；初收 1927 年 8 月上海新月书店《巴黎的鳞爪》。《先生，你见过香艳的肉没有? 》后改题为《肉艳的巴黎》，收入 1930 年 4 月上海中华书局《轮盘》。采自《巴黎的鳞爪》。

软语，开怀的笑响，有踞坐在屋隅里蓬头少年计较自毁的哀思。跳舞场：和着翻飞的乐调，迷醇的酒香，有独自支颐的少妇思量着往迹的怆心。浮动在上一层的许是光明，是欢畅，是快乐，是甜蜜，是和谐；但沈淀在底里阳光照不到的才是人事经验的本质：说重一点是悲哀，说轻一点是惆怅；谁不愿意永远在轻快的流波里漾着，可得留神了你往深处去时的发见！

一天一个从巴黎来的朋友找我闲谈，谈起了劲，茶也没喝，烟也没吸，一直从黄昏谈到天亮，才各自上床去躺了一歇，我一合眼就回到了巴黎，方才朋友讲的情境惝恍的把我自己也缠了进去；这巴黎的梦真醇人，醇你的心，醇你的意志，醇你的四肢百体，那味儿除是亲尝过的谁能想像！——我醒过来时还是迷糊的忘了我在那儿，刚巧一个小朋友进房来站在我的床前笑吟吟喊我："你做什么梦来了，朋友，为什么两眼潮潮的像哭似的？"我伸手一摸，果然眼里有水，不觉也失笑了——可是朝来的梦，一个诗人说的，同是这悲凉滋味，正不知这泪是为那一个梦流的呢！

下面写下的不成文章，不是小说，不是写实，也不是写梦，——在我写的人只当是随口曲，南边人说的"出门不认货"，随你们宽容的读者们怎样看罢。

出门人也不能太小心了，走道总得带些探险的意味。生活的趣味大半就在不预期的发见，要是所有的明天全是今天刻板的化身，那我们活什么来了？正如小孩子上山就得采花，到海边就得检贝壳，书呆子进图书馆想捞新智慧——出门人到了巴黎就想……

散文

你的批评也不能过分严正不是？少年老成——什么话！老成是老年人的特权，也是他们的本分；说来也不是他们甘愿，他们是到了年纪不得不。少年人如何能老成？老成了才是怪哪！

放宽一点说，人生只是个机缘巧合；别瞧日常生活河水似的流得平顺，它那里面多的是潜流，多的是漩涡——轮着的时候谁躲得了给卷了进去？那就是你发愁的时候，是你登仙的时候，是你辨着酸的时候，是你尝着甜的时候。

巴黎也不定比别的地方怎样不同：不同就在那边生活流波里的潜流更猛，漩涡更急，因此你叫给卷进去的机会也就更多。

我赶快得声明我是没有叫巴黎的漩涡给淹了去——虽则也就够险。多半的时候我只是站在赛因河岸边看热闹，下水去的时候也不能说没有，但至多也不过在靠岸清浅处溜着，从没敢往深处跑——这来漩涡的纹螺，势道，力量，可比远在岸上时认清楚多了。

一、九小时的萍水缘

我忘不了她。她是在人生的急流里转着的一张萍叶，我见着了它，掬在手里把玩了一晌，依旧交还给它的命运，任它飘流去——它以前的飘泊我不曾见来，它以后的飘泊，我也见不着，但就这曾经相识匆匆的恩缘——实际上我与她相处不过九小时——已在我的心泥上印下踪迹，我如何能忘，在忆起时如何能不感须臾的惆怅？

那天我坐在那热闹的饭店里瞥眼看着她，她独坐在灯光最暗漆的屋角里，这屋内那一个男子不带媚态，那一个女子的胭脂口上不沾笑容，就只她：穿一身淡素衣裳，戴一顶宽边的黑帽，在髯密的睫毛上隐隐闪亮着深思的目光——我几乎疑心她是修道院的女僧偶尔到红尘里随喜来了。我不能不接着注意她，她的别样的支颐的倦态，她的曼长的手指，她的落漠的神情，有意无意间的叹息，在在都激发我的好奇——虽则我那时左边已经坐下了一个瘦的，右边来了肥的，四条光滑的手臂不住的在我面前晃着酒杯。但更使我奇异的是她不等跳舞开始就匆匆的出去了，好像害怕或是厌恶似的。第一晚这样，第二晚又是这样：独自默默的坐着，到时候又匆匆的离去。到了第三晚她再来的时候我再也忍不住不想法接近她。第一次得着的回音，虽则是"多谢好意，我再不愿交友"的一个拒绝，只是加深了我的同情的好奇。我再不能放过她。巴黎的好处就在处处近人情；爱慕的自由是永远容许的。你见谁爱慕谁想接近谁，决不是犯罪，除非你在经程中泄漏了你的粗气暴气，陋相或是贫相，那不是文明的巴黎人所能容忍的。只要你"识相"，上海人说的，什么可能的机会你都可以利用。对方人理你不理你，当然又是一回事；但只要你的步骤对，文明的巴黎人决不让你难堪。

我不能放过她。第二次我大胆写了个字条付中间人——店主人——交去。我心里直怔怔的怕讨没趣。可是回话来了——她就走了，你跟着去吧。

她果然在饭店门口等着我。

你为什么一定要找我说话，先生，像我这再不愿意有朋友的人？

她张着大眼看我，口唇微微的颤着。

我的冒昧是不望恕的，但是我看了你忧郁的神情我足足难受了

散文

191

三天，也不知怎的我就想接近你，和你谈一次话，如其你许我，那就是我的想望，再没有别的意思。

真的她那眼内绽出了泪来，我话还没说完。

想不到我的心事又叫一个异邦人看透了……她声音都哑了。

我们在路灯的灯光下默默的互注了一晌，并着肩沿马路走去，走不到多远她说不能走，我就问了她的允许雇车坐上，直望波龙尼大林园清凉的暑夜里兜去。

原来如此，难怪你听了跳舞的音乐像是厌恶似的，但既然不愿意何以每晚还去？

那是我的感情作用；我有些舍不得不去，我在巴黎一天，那是我最初遇见——他的地方，但那时候的我……可是你真的同情我的际遇吗，先生？我快有两个月不开口了，不瞒你说，今晚见了你我再也不能制止，我爽性说给你我的生平的始末吧，只要你不嫌。我们还是回那饭庄去罢。

你不是厌烦跳舞的音乐吗？

她初次笑了。多齐整洁白的牙齿，在道上的幽光里亮着！有了你我的生气就回复了不少，我还怕什么音乐？

我们俩重进饭庄去选一个基角坐下，喝完了两瓶香槟，从十一时舞影最凌乱时谈起，直到早三时客人散尽侍役打扫屋子时才起身走，我在她的可怜身世的演述中遗忘了一切，当前的歌舞再不能分我丝毫的注意。

下面是她的自述。

我是在巴黎生长的。我从小就爱读《天方夜谭》的故事，以及当代描写东方的文学；阿，东方，我的童真的梦魂那一刻不在它的玫瑰园中留恋？十四岁那年我的姊姊带我上北京去住，她在那边开一个时式的帽铺，有一天我看见一个小身材的中国人来买帽子，我就觉着奇怪，一来他长得异样的清秀，二来他为什么要来买那样时式的女帽；到了下午一个女太太拿了方才买去的帽子来换了，我姊姊就问她那中国人是谁，她说是她的丈夫，说开了头她就讲她当初怎样为爱他触怒了自己的父母，结果断绝了家庭和他结婚，但她一点也不追悔，因为她的中国丈夫待她怎样好法，她不信西方人会得像他那样体贴，那样温存。我再也忘不了她说话时满心怡悦的笑容。从此我仰慕东方的私衷又添深了一层颜色。

我再回巴黎的时候已经长成了，我父亲是最宠爱我的，我要什么他就给我什么。我那时就爱跳舞，阿，那些迷醉轻易的时光，巴黎那一处舞场上不见我的舞影。我的妙龄，我的颜色，我的体态，我的聪慧，尤其是我那媚人的大眼——阿，如今你见的只是悲惨的余生再不留当时的丰韵——制定了我初期的堕落。我说堕落不是？是的，堕落，人生那〈哪〉处不是堕落，这社会那里容得一个有姿色的女人保全她的清洁？我正快走入险路的时候，我那慈爱的老父早已看出我的倾向，私下安排了一个机会，叫我与一个有爵位的英国人接近。一个十七岁的女子那有什么主意，在两个月内我就做了新娘。

说起那四年结婚的生活，我也不应得过分的抱怨，但我们欧洲的势利的社会实在是树心里生了蠹，我怕再没有回复健康的希望。我到伦敦去做贵妇人时我还是个天真的孩子，哪有什么机心，哪懂得虚伪的卑鄙的人间的底里，我又是个外国人，到处遭受嫉忌与批评。还有我那叫名的丈夫。他娶我究竟为什么动机我始终不明白，许贪我年轻贪我貌美带回家去广告他自己的手段，因为真的我不曾感着他一息的真情；新婚不到几时他就对我冷淡了，其实他就没有热过，碰巧我是个傻孩子，一天不听着一半句软语，不受些温柔的怜惜，到晚上我就不自制的悲伤。他有的是钱，有的是趋奉谄媚，成天在外打猎作乐，我愁了不来慰我，我病了不来问我，连着三年抑郁的生涯完全消灭了我原来活泼快乐的天机，到第四年实在耽不住了，我与他吵一场回巴黎再见我父亲的时候，他几乎不认识我了。我自此就永别了我的英国丈夫。因为虽则实际的离婚手续在他方面到前年方始办理，他从我走了后也就不再来顾问我——这算是欧洲人夫妻的情分！

　　我从伦敦回到巴黎，就比久困的雀儿重复飞回了林中，眼内又有了笑，脸上又添了春色，不但身体好多，就连童年时的种种想望又在我心头活了回来。三四年结婚的经验更叫我厌恶西欧，更叫我神往东方。东方，阿，浪漫的多情的东方！我心里常常的怀念着。有一晚，那一个运定的晚上，我就在这屋子内见着了他，与今晚一样的歌声，一样的舞影，想起还不就是昨天，多飞快的光阴，就可怜我一个单薄的女子，无端叫运神摆布，在情网里颠连，在经验的苦海里沉沦，朋友，我自分是已经埋葬了的活人，你何苦又来逼着我把往事掘起，我的话是简短的，但我身受的苦恼，朋友，你信我，是不可量的；你往我的眼里看，凭着你的同情你可以在刹那间领会我灵魂的真际！

他是菲利滨①人，也不知怎的我初次见面就迷了他。他肤色是深黄的，但他的性情是不可信的温柔；他身材是短的，但他的私语有多叫人魂销的魔力？阿，我到如今还不能怨你；我爱他太深，我爱他太真，我如何能一刻忘他，虽则他到后来也是一样的薄情，一样的冷酷。你不倦么，朋友，等我讲给你听？

我自从认识了他我便倾注给他我满怀的柔情，我想他，那负心的他，也够他的享受，那三个月神仙似的生活！我们差不多每晚在此聚会的。秘谈是他与我，欢舞是他与我，人间再有更甜美的经验吗？朋友你知道痴心人赤心爱恋的疯狂吗？因为不仅满足了我私心的想望，我十多年梦魂缭绕的东方理想的实现。有他我什么都有了，此外我更有什么沾恋？因此等到我家里为这事情与我开始交涉的时候，我更不踌躇的与我生身的父母根本决绝。我此时又想起了我垂髫时在北京见着的那个嫁中国人的女子，她与我一样也为了痴情牺牲一切，我只希冀她这时还能保持着她那纯爱的生活，不比我这失运人成天在幻灭的辛辣中回味。

我爱定了他。他是在巴黎求学的，不是贵族，也不是富人，那更使我放心，因为我早年的经验使我迷信真爱情是穷人才能供给的。谁知他骗了我——他家里也是有钱的，那时我在热恋中抛弃了家，牺牲了名誉，跟了这黄脸人离却巴黎，辞别欧洲，经过一个月的海程，我就到了我理想的灿烂的东方。阿，我那时的希望与快乐！但才出了红海，他就上了心事，经我再三的逼他才告诉他家里

---

①菲利滨：今译菲律宾。

的实情，他父亲是菲利滨最有钱的土著，性情是极严厉的，他怕轻易不能收受我进他们的家庭。我真不愿意把此后可怜的身世烦你的听，朋友，但那才是我痴心人的结果，你耐心听着吧！

东方，东方才是我的烦恼！我这回投进了一个更陌生的社会，呼吸更沉闷的空气；他们自己中间也许有他们温软的人情，但轮着我的却一样还只是猜忌与讥刻，更不容情的刺袭我的孤独的性灵。果然他的家庭不容我进门，把我看作一个"巴黎淌来的可疑的妇人"。我为爱他也不知忍受了多少不可忍的侮辱，吞了多少悲泪，但我自慰的是他对我不变的恩情。因为在初到的一时他还是不时来慰我——我独自赁屋住着。但慢慢的也不知是人言浸润还是他原来爱我不深，他竟然表示割绝我的意思。朋友，试想我这孤身女子牺牲了一切为的还不是他的爱，如今连他都离了我，那我更有什么生机？我怎的始终不曾自毁，我至今还不信，因为我那时真的是没路走了。我又没有钱，他狠心丢了我，我如何能再去缠他，这也许是我们白种人的偏犟，我不久便揩干了眼泪，出门去自寻活路。我在一个菲美合种人的家里寻得了一个保姆的职务；天幸我生性是耐烦领小孩的——我在伦敦的日子没孩子管我就养猫弄狗——救活我的是那三五个活灵的孩子，黑头发短手指的乖乖。在那炎热的岛上我是过了两年没颜色的生活，得了一次凶险的热病，从此我面上再不存青年期的光彩。我的心境正稍稍回复平衡的时候两件不幸的事情又临着了我：一件是我那他与另一女子的结婚，这消息使我昏厥了过去；一件是被我弃绝的慈父也不知怎的问得了我的踪迹来电说他老病快死要我回去。阿，天罚我！等我赶回巴黎的时候正好赶着与老人诀别，忏悔我先前的造孽！

从此我在人间还有什么意趣？我只是个实体的鬼影，活动的尸体；我的心也早就死了，再也不起波澜；在初次失望的时候我想像中还有个辽远的东方，但如今东方只在我的心上留下一个鲜明的新伤，我更有什么希冀，更有什么心情？但我每晚还是不自主的到这饭店里来小坐，正如死去的鬼魂忘不了他的老家！我这一生的经验本不想再向人前吐露的，谁知又碰着了你，苦苦的追着我，逼我再一度撩拨死尽的火灰，这来你够明白了，为什么我老是这落漠的神情，我猜你也是过路的客人，我深深自幸又接近一次人情的温慰，但我不敢希望什么，我的心是死定了的，时候也不早了，你看方才舞影凌乱的地板上现在只剩一片冷淡的灯光，侍役们已经收拾干净，我们也该走了，再会吧，多情的朋友！

二、"先生，你见过艳丽的肉没有？"

我在巴黎时常去看一个朋友，他是一个画家，住在一条老闻着鱼腥的小街底头一所老屋子的顶上一个 A 字式的尖阁里，光线暗惨得怕人，白天就靠两块日光胰子大小的玻璃窗给装装幌，反正住的人不嫌就得，他是照例不过正午不起身，不近天亮不上床的一位先生，下午他也不居家，起码总得上灯的时候他才脱下了他的外褂露出两条破烂的臂膀埋身在他那艳丽的垃圾窝里开始他的工作。

艳丽的垃圾窝——它本身就是一幅妙画！我说给你听听。贴墙有精窄的一条上面盖着黑毛毡的算是他的床，在这上面就准你规规矩矩的躺着，不说起坐一定扎脑袋，就连翻身也不免冒犯斜着下来永远不退让的屋顶先生的身份！承着顶尖全屋子顶宽舒的

散文

部分放着他的书桌——我捏着一把汗叫它书桌，其实还用提吗，上边什么法宝都有，画册子，稿本，黑炭，颜色盘子，烂袜子，领结，软领子，热水瓶子压瘪了的，烧干了的酒精灯，电筒，各色的药瓶，彩油瓶，脏手绢，断头的笔杆，没有盖的墨水瓶子，一柄手枪，那是瞒不过我花七法郎在密歇耳大街路旁旧货摊上换来的，照相镜子，小手镜，断齿的梳子，蜜膏，晚上喝不完的咖啡杯，详梦的小书，还有——还有可疑的小纸盒儿，凡士林一类的油膏……一只破木板箱一类漆着名字上面蒙着一块灰色布的是他的梳妆台兼书架，一个洋瓷面盆半盆的胰子水似乎都叫一部旧板的卢骚集子给饕了去，一顶便帽套在洋瓷长提壶的耳柄上，从袋底里倒出来的小铜钱错落的散着像是土耳其人的符咒，几只稀小的烂苹果围着一条破香蕉像是一群大学教授们围着一个教育次长索薪……

壁上看得更斑斓了：这是我顶得意的一张庞那的底稿当废纸买来的，这是我临蒙内的裸体，不十分行，我来撩起灯罩你可以看清楚一点，草色太浓了，那膝部画坏了。这一小幅更名贵，你认是谁，罗丹的！那是我前年最大的运气，也算是错来的，老巴黎就是这点子便宜，挨了半年八个月的饿不要紧，只要有机会捞着真东西，这还不值得！那边一张挤在两幅油画缝里的，你见了没有，也是有来历的，那是我前年趁马克倒霉路过佛兰克福德时夹手抢来的，是真的孟尔都难说，就差糊了一点，现在你给三千佛郎我都不卖，加倍再加倍都值，你信不信？再看那一长条……在他那手指东点西的卖弄他的家珍的时候，你竟会忘了你站着的地方是不够六尺阔的一间阁楼，倒像跨在你头顶那两爿斜着下来的屋顶也顺着他那艺术谈法术似的隐了去，露出一个爽恺的高天，壁上的疙瘩，壁窠，霉块，钉疤，全化成了哥罗画帧中"飘摇欲化烟"的最美丽林树与轻快的流涧；桌上的破领带及手绢烂香蕉臭袜子等等也全变形成戴大阔边稻草帽的牧童们，偎着树打盹的，牵着牛在涧里喝水的，手反衬着脑袋放平在青草地上瞪眼看天的，斜眼溜着那边走进来的娘们手按着音腔吹横笛的——可不是那边来了一群娘们，全是年岁青青的，露着胸膛，散着头发，还有光着白腿的在青草地上跳着来了？……吭！小心扎脑袋，这屋子真别扭，你出什么神来了？想着你的 Bel Ami 对不对？你到巴黎快半个月，该早有落儿了，这年头收成真容易——吭，太容易了！谁说巴黎不是理想的地狱？你吸烟斗吗？这儿有自来火。对不起，屋子里除了床，就是那张弹簧早经追悼过了的沙发，你坐坐吧，给你一个垫子，这是全屋子顶温柔的一样东西。

　　不错，那沙发，这阁楼上要没有那张沙发，主人的风格就落了一个极重要的原〈元〉素。说它肚子里的弹簧完全没了劲，在主人说是太谦，在我说是简直污蔑了它。因为分明有一部分内簧是不曾死透的，那在正中间，看来倒像是一座分水岭，左右都是往下倾的，我初坐下时不提防它还有弹力，倒叫我骇了一下；靠手的套布可真是全霉了，露着黑黑黄黄不知是什么货色，活像主人衬衫的袖子。我正落了坐，他咬了咬嘴唇翻一翻眼珠微微的笑了。笑什么了你？我笑——你坐上沙发那样儿叫我想起爱菱。爱菱是谁？她呀——她是我第一个模特儿。模特儿？你的？你的破房子还有

散文

模特儿，你这穷鬼花得起……别急，究竟是中国初来的，听了模特儿就这样的起劲，看你那脖子都上了红印了！本来不算事，当然，可是我说像你这样的破鸡棚……破鸡棚便怎么样，耶稣生在马号里的，安琪儿们都在马矢里跪着礼拜哪！别忙，好朋友，我讲你听。如其巴黎人有一个好处，他就是不势利！中国人顶糟了，这一点；穷人有穷人的势利，阔人有阔人的势利，半不阑珊的有半不阑珊的势利——那才是半开化，才是野蛮！你看像我这样子，头发像刺猬，八九天不刮的破胡子，半年不收拾的脏衣服，鞋带扣不上的皮鞋——要在中国，谁不叫我外国叫花子，那配进北京饭店一类的势利场；可是在巴黎，我就这样儿随便问那〈哪〉一个衣服顶漂亮脖子搽得顶香的娘们跳舞，十回就有九回成，你信不信？至于模特儿，那更不成话，那〈哪〉有在巴黎学美术的，不论多穷，一年里不换十来个眼珠亮亮的来做样儿？屋子破更算什么？波希民的生活就是这样，按你说模特儿就不该坐坏沙发，你得准备杏黄贡缎绣丹凤朝阳坐垫的太师椅请她坐你才安心对不对？再说……

　　别再说了！算我少见世面，算我是乡下老戆，得了；可是说起模特儿，我倒有点好奇，你何妨讲些经验给我长长见识？有真好的没有？我们在美术院里见着的什么维纳丝得米罗，维纳丝梅第妻，还有铁青的，鲁班师的，鲍第千里的，丁稻来笃的，箕奥其安内的裸体实在是太美，太理想，太不可能，太不可思议；反面说，新派的比如雪尼约克的，玛提斯的，塞尚的，高耿的，弗朗剌马克的，又是太丑，太损，太不像人，一样的太不可能，太不可思议。人体美，究竟怎么一回事，我们不幸生长在中国女人衣服一直穿到下巴底下腰身与后部看不出多大分别的世界里，实在是太蒙昧无知，太不开眼。可是再说呢，东方人也许根本就不该叫人开眼的，你看过约翰巴里士那本沙扬娜拉没有，他那一段形容一个日本裸体舞女——就是一张脸子粉搽得像棺材里爬起来的颜色，此外耳朵以后下巴以下就比如一节蒸不透的珍珠米！——看了真叫人恶心。你们学美术的才有第一手的经验，我倒是……

　　你倒是真有点羡慕，对不对？不怪你，人总是人。不瞒你说，我学画画原来的动机也就是这点子对人体秘密的好奇。你说我穷相，不错，我真是穷，饭都吃不出，衣都穿不全，可是模特儿——我怎么也省不了。这对人体美的欣赏在我已经成了一种生理的要求，必要的奢侈，不可摆脱的嗜好；我宁可少吃俭穿，省下几个法郎来多雇几个模特儿。你简直可以说我是着了迷，成了病，发了疯，爱说什么就什么，我都承认——我就不能一天没有一个精光的女人躺在我的面前供养，安慰，喂饱我的"眼淫"。当初罗丹我猜也一定与我一样的狼狈，据说他那房子里老是有剥光了的女人，也不为做样儿，单看她们日常生活"实际的"多变化的姿态——他是一个牧羊人，成天看着一群剥了毛皮的驯羊！鲁班师那位穷凶极恶的大手笔，说是常难为他太太做模特儿，结果因为他成天不断的画他太太竟许连穿裤子的空儿都难得有！但如果这话是真的鲁班师还是太傻，难怪他那画里的女人都是这剥白猪似的单调，少变化；美的分配在人体上是极神秘的一个现象，我不信有理想的全材，不论男女我想几乎是不可能的；上帝拿着一把颜色往地面上撒，玫瑰，罗兰，石榴，玉簪，剪秋罗，各样都沾到了一种或几种的彩泽，但决没有一种花包涵所有可能的色调的，那如其有，按理论讲，岂不是又得回复了没颜色的本相？人体美也是这样的，有的美在胸部，有的腰部，有的下部，有的头发，有的手，有的脚踝，那不可理解的骨格，筋肉，肌理的会合，形成各各不同的线条，色调的变化，皮面的涨度，毛管的分配，天然的姿态，不可制止的表情——也得你不怕麻烦细心体会发见去，上帝没有这样便宜你的事情，他决不给你一个具体的绝对美，如果有我们所有艺术的努力就没了意义；巧妙就在你明知这山里有金子，可是在哪一点你得自己下工夫去找。阿！说起这艺术家审美的本能，我真要闭着眼感谢上帝——要不是它，岂不是所有人体的美，说窄一点，都变了古长安道上历代帝王的墓窟，全叫一层或几层薄薄的衣服给埋没了！回头我给你看我那张破床底下有一本宝贝，我这十年血汗辛苦的成绩——千把张的人体临摹，而且十分之九是在这间破鸡棚里钩下的，别看低我这张弹簧早经追悼了的沙发，这上面落坐过至少一二百个当得起美字的女人！别提专门做模特儿的，巴黎哪一个不知道俺家黄脸什么，那不算希奇，我自负的是我独到的发见：一半因为看多了缘故，女人肉的引诱在我差不多完全消灭在美的欣赏里面，结果在我这双"淫眼"看来，一丝不挂的女人就同紫霞宫里翻出来的尸首穿得重重密密的摇不动我的性欲，反面说当真穿着得极整齐的女人，不论她在人堆里站着，在路上走着，只要我的眼到，她的衣服的障碍就无形的消灭，正如老练的矿师一瞥就认出矿苗，我这美术本能也是一瞥就认出"美苗"，一百次里错不了一次：每回发见了可能的时候，我就非想法找到她剥光了她叫我看个满意不成，上帝保佑这文明的巴黎，我失望的时候真难得有！我记得有一次在戏院子看着了一个贵妇人，实在没法想（我当然试来）我那难受就不用提了，比发疟疾还难受——她那特长分明是在小腹与……

够了够了！我倒叫你说得心痒痒的。人体美！这门学问，这门福气，我们不幸生长在东方谁有机会研究享受过来？可是我既然到了巴黎，又幸气碰着你，我倒真想叨你的光开开我的眼，你得替我想法，要找在你这宏富的经验中比较最贴近理想的一个看看……

你又错了！什么，你意思花就许巴黎的花香，人体就许巴黎的美吗？太灭自己的威风了！别信那巴理士什么沙扬娜拉的胡说；听我说，正如东方的玫瑰不比西方的玫瑰差什么香味，东方的人体在得到相当的栽培以后，也同样不能比西方的人体差什么美——除了天然的限度，比如骨格的大小，皮肤的色彩。同时顶要紧当然要你自己性灵里有审美的活动，你得有眼睛，要不然这宇宙不论它本身多美多神奇在你还是白来的。我在巴黎苦过这十年，就为前途有一个宏愿：我要张大了我这经过训练的"淫眼"到东方去发见人体美——谁说我没有大文章做出来？至于你要借我的光开开眼，那是最容易不过的事情，可是我想想——可惜了！有个马达姆朗洒，原先在巴黎大学当物理讲师的，你看了准忘不了，现在可不在了，到伦敦去了；还有一个马达姆薛托漾，她是远在南边乡下开面包铺子的，她就够打倒你所有的丁稻来笃，所有的铁青，所有的箕奥其安内——尤其是给你这未入流看，长得太美了，她通体就看不出一根骨头的影子，全叫匀匀的肉给隐住的，圆的，润的，有一致节奏的，那妙是一百个哥蒂蔼也形容不全的，尤其是她那腰以下的结构，真是奇迹！你从意大利来该见过西龙尼维纳丝的残像，就那也只能仿佛，你不知道那活的气息的神奇，什么大艺术天才都没法移植到画布上或是石塑上去的（因此我常常自己心里辩论究竟是艺术高出自然还是自然高出艺术，我怕上帝僭先的机会毕竟比凡人多些）；不提别的单就她站在那里你看，从小腹接桎上股那两条交荟的弧线起直往下贯到脚着地处止，那肉的浪纹就比是——实在是无可比——你梦里听着的音乐：不可信的轻柔，不可信的匀净，不可信的韵味——说粗一点，那两股相并处的一条线直贯到底，不漏一屑的破绽，你想通过一根发丝或是吹度一丝风息都是绝对不可能的——但同时又决不是肥肉的黏着，那就呆了。真是梦！唉，就可惜多美一个天才偏叫一个身高六尺三寸长红胡子的面包师给糟蹋了；真的这世上的因缘说来真怪，我很少看见美妇人不嫁给猴子类牛类水马类的丑男人！但这是支话。眼前我招得到的，够资格的也就不少——有了，方才你坐上这沙发的时候叫我想起了爱菱，也许你与她有缘分，我就为你招她去吧，我想应该可以容易招到的。可是上那儿呢？这屋子终究不是欣赏美妇人的理想背景，第一不够开展，第二光线不够——至少为外行人像你一类着想……我有了一个顶好的主意，你远来客，也该独出心裁招待你一次，好在爱菱与我特别的熟，我要她怎么她就怎么；暂且约定后天吧，你上午十二点到我这里来，我们一同到芳丹薄罗的大森林里去，那是我常游的地方，尤其是阿房奇石相近一带，那边有的是天然的地毯，这时是自然最妖艳的日子，草青得滴得出翠来，树绿得涨得出油来，松鼠满地满树都是，也不很怕人，顶好玩的，我们决计到那一带去秘密野餐吧——至于"开眼"的话，我包你一个百二十分的满足，将来一定是你从欧洲带回家最不易磨灭的一个印象！一切有我布置去，你要是愿意贡献的话，也不用别的，就要你多买大杨梅，再带一瓶橘子酒，一瓶绿酒，我们享半天闲福去。现在我讲得也累了，我得躺一会儿，我拿我床底下那本秘本给你先揣摹揣摹……

隔一天我们从芳丹薄罗林子里回巴黎的时候，我仿佛刚做了一个最荒唐，最艳丽，最秘密的梦。

十四年十二月二十一日

我所知道的康桥①

一

　　我这一生的周折，大都寻得出感情的线索。不论别的，单说求学。我到英国是为要从罗素。罗素来中国时，我已经在美国。他那不确的死耗传到的时候，我真的出眼泪不够，还做悼诗来了。他没有死，我自然高兴。我摆脱了哥〈仑〉比亚大博士衔的引诱，买船票过大西洋，想跟这位二十世纪的福禄泰尔认真念一点书去。谁知一到英国才知道事情变样了：一为他在战时主张和平，二为他离婚，罗素叫康桥给除名了，他原来是采自《巴黎的鳞爪》。Trinity College②的 fellow③，这来他的 fellowship④也给取销了。他回英国后就在伦敦住下，夫妻两人卖文章过日子。因此我也不曾遂我从学的始愿。我在伦敦政治经济学院里混了半年，正感着闷想换路走的时候，我认识了狄更生先生。狄更生——Galsworthy

----

① 1926 年 1 月 14 日、15 日作；14 日所写部分（从开头到"谁不爱听那水底翻的音乐在静定的河上描写梦意与春光！"），载 1926 年 1 月 16 日《晨报副刊》，末尾附记："应该还得往下写，但今晚只得告罪打住了。"15 日所写部分，载 25 日《晨报副刊》，均署名志摩；初收 1927 年 8 月上海新月书店《巴黎的鳞爪》。

② Trinity College：三清学院。

③ fellow：研究员。

④ fellowship：研究员资格。

Lowes Dickinson[①]——是一个有名的作者，他的《一个中国人通信》（Letters From John Chinaman）与《一个现代聚餐谈话》（A Modern Symposium）两本小册子早得了我的景仰。我第一次会着他是在伦敦国际联盟协会席上，那天林宗孟先生演说，他做主席；第二次是宗孟寓里吃茶，有他。以后我常到他家里去。他看出我的烦闷，劝我到康桥去，他自己是王家学院（Kings College）的 fellow。我就写信去问两个学院，回信都说学额早满了，随后还是狄更生先生替我去在他的学院里说好了，给我一个特别生的资格，随意选科听讲。从此黑方巾黑披袍的风光也被我占着了。初起我在离康桥六英里的乡下叫沙士顿地方租了几间小屋住下，同居的有我从前的夫人张幼仪女士与郭虞裳君。每天一早我坐街车（有时自行车）上学，到晚回家。这样的生活过了一个春，但我在康桥还只是个陌生人，谁都不认识，康桥的生活，可以说完全不曾尝着，我知道的只是一个图书馆，几个课室，和三两个吃便宜饭的菜食铺子。狄更生常在伦敦或是大陆上，所以也不常见他。那年的秋季我一个人回到康桥，整整有一学年，那时我才有机会接近真正的康桥生活，同时我也慢慢的"发见"了康桥。我不曾知道过更大的愉快。

二

"单独"是一个耐寻味的现象。我有时想它是任何发见的第一个条件。你要发见你的朋友的"真"，你得有与他单独的机会。你

---

① Galsworthy Lowes Dickinson：徐志摩在英国的朋友，剑桥大学教授，著有《一个中国人通信》《一个现代聚餐谈话》等。

要发现你自己的真，你得给你自己一个单独的机会。你要发见一个地方（地方一样有灵性），你也得有单独玩的机会。我们这一辈子，认真说，能认识几个人？能认识几个地方？我们都是太匆忙，太没有单独的机会。说实话，我连我的本乡都没有什么了解。康桥我要算是有相当交情的，再次许只有新认识的翡冷翠了。阿，那些清晨，那些黄昏，我一个人发痴似的在康桥！绝对的单独。

但一个人要写他最心爱的对象，不论是人是地，是多么使他为难的一个工作？你怕，你怕描坏了它，你怕说过分了恼了它，你怕说太谨慎了辜负了它。我现在想写康桥，也正是这样的心理，我不曾写，我就知道这回是写不好的——况且又是临时逼出来的事情。但我却不能不写，上期预告已经出去了。我想勉强分两节写，一是我所知道的康桥的天然景色，一是我所知道的康桥的学生生活。我今晚只能极简的写些，等以后有兴会时再补。

三

康桥的灵性全在一条河上；康河，我敢说，是全世界最秀丽的一条水。河的名字是葛兰大（Granta），也有叫康河（River Caun）的，许有上下流的区别，我不甚清楚。河身多的是曲折，上游是有名的拜伦潭——"Byron's Pool"——当年拜伦常在那里玩的；有一个老村子叫格兰骞斯德，有一个果子园，你可以躺在累累的桃李树荫下吃茶，花果会吊入你的茶杯，小雀子会到你桌上来啄食，那真是别有一番天地。这是上游；下游是从骞斯德顿下去，河面展开，那是春夏间竞舟的场所。上下河分界处有一个坝筑，水流急得很，在星光下听水声，听近村晚钟声，听河畔倦牛刍草声，是我康桥经验中最神秘的一种：大自然的优美，宁静，调谐在这星光与波光的默契中不期然的淹入了你的性灵。

但康河的精华是在它的中流，著名的"Backs"①，这两岸是几个最蜚声的学院的建筑。从上面下来是 Pembroke②，St. Katharine's③，King's④，Clare⑤，Trinty, St.John's⑥。最令人留连的一节是克莱亚与王家学院的毗连处，克莱亚的秀丽紧邻着王家教堂（King's Chapel）的宏伟。别的地方尽有更美更庄严的建筑，例如巴黎赛因河的罗浮宫一带，威尼斯的利阿尔多大桥的两岸，翡冷翠维基乌大桥的周遭；但康桥的"Backs"自有它的特长，这不容易用一二个状词来概括，它那脱尽尘埃气的一种清澈秀逸的意境可说是超出了画图而化生了音乐的神味。再没有比这一群建筑更调谐更匀称的了！论画，可比的许只有柯罗（Corot）的田野；论音乐，可比的许只有萧班（Chopin）的夜曲。就这也不能给你依稀的印象，它给你的美感简直是神灵性的一种。

假如你站在王家学院桥边的那棵大椈树荫下眺望，右侧面，隔着一大方浅草坪，是我们的校友居（Fellow Building），那年代并不早，但它的妩媚也是不可掩的，它那苍白的石壁上春夏间满缀着艳色的蔷薇在和风中摇颤，更移左是那教堂，森林似的尖阁不可浼的永远直指着天空；更左是克莱亚，阿！那不可信的玲珑的方庭，谁

---

① Backs：英国剑桥大学的后花园。② Pembroke：潘布鲁克学院。

③ St.Katharine's：圣凯瑟林学院。④ King's：国王学院。

⑤ Clare：克莱尔（徐译克莱亚），即圣克莱尔学院。⑥ St.John's：圣约翰学院。

说这不是圣克莱亚（St.Clare）的化身，那一块石上不闪耀着她当年圣洁的精神？在克莱亚后背隐约可辨的是康桥最潇贵最骄纵的三清学院（Trinity），它那临河的图书楼上坐镇着拜伦神采惊人的雕像。

但这时你的注意早已叫克莱亚的三环洞桥魔术似的摄住。你见过西湖白堤上的西泠断桥不是（可怜它们早已叫代表近代丑恶精神的汽车公司给踩平了，现在它们跟着苍凉的雷峰永远辞别了人间）？你忘不了那桥上斑驳的苍苔，木栅的古色，与那桥拱下泄露的湖光与山色不是？克莱亚并没有那样体面的衬托，它也不比庐山栖贤寺旁的观音桥，上瞰五老的奇峰，下临深潭与飞瀑；它只是怯怜怜的一座三环洞的小桥，它那桥洞间也只掩映着细纹的波鳞与婆娑的树影，它那桥上栉比的小穿阑与阑节顶上双双的白石球，也只是村姑子头上不夸张的香草与野花一类的装饰；但你凝神的看着，更凝神的看着，你再反省你的心境，看还有一丝屑的俗念沾滞不？只要你审美的本能不曾泯灭时，这是你的机会实现纯粹美感的神奇！

但你还得选你赏鉴的时辰。英国的天时与气候是走极端的。冬天是荒谬的坏，逢着连绵的雾盲天你一定不迟疑的甘愿进地狱本身去试试；春天（英国是几乎没有夏天的）是更荒谬的可爱，尤其是它那四五月间最渐缓最艳丽的黄昏，那才真是寸寸黄金。在康河边上过一个黄昏是一服灵魂的补剂。阿！我那时蜜甜的单独，那时蜜甜的闲暇。一晚又一晚的，只见我出神似的倚在桥阑上向西天凝望——

看一回凝静的桥影，
数一数螺钿的波纹：
我倚暖了石阑的青苔，
青苔凉透了我的心坎……

还有几句更笨重的怎能仿佛那游丝似轻妙的情景：

难忘七月的黄昏，远树凝寂，
像墨泼的山形，衬出轻柔暝色，
密稠稠，七分鹅黄，三分橘绿，
那妙意只可去秋梦边缘捕捉……

四

这河身的两岸都是四季常青最葱翠的草坪。从校友居的楼上望去，对岸草场上，不论早晚，永远有十数匹黄牛与白马，胫蹄没在恣蔓的草丛中，纵容的在咬嚼，星星的黄花在风中动荡，应和着它们尾鬃的扫拂。桥的两端有斜倚的垂柳与荫护住。水是清澄，深不足四尺，匀匀的长着长条的水草。这岸边的草坪又是我的爱宠，在清朝，在傍晚，我常去这天然的织锦上坐地，有时读书，有时看水，有时仰卧着看天空的行云，有时反仆着搂抱大地的温软。

但河上的风流还不止两岸的秀丽。你得买船去玩。船不止一种：有普通的双桨划船，有轻快的薄皮舟（Canoe），有最别致的长形撑篙船（Punt）。最末的一种是别处不常有的：约莫有二丈长，三尺宽，你站直在船梢上用长竿撑着走的。这撑是一种技术。我手脚太蠢，始终不曾学会。你初起手尝试时，容易把船身横住在河

散文

中，东颠西撞的狼狈。英国人是不轻易开口笑人的，但是小心他们不出声的皱眉！也不知有多少次河中本来优闲的秩序叫我这莽撞的外行给捣乱了。我真的始终不曾学会；每回我不服输跑去租船再试的时候，有一个白胡子的船家往往带讥讽的对我说："先生，这撑船费劲，天热累人，还是拿个薄皮舟溜溜吧！"我哪里肯听话，长篙子一点就把船撑了开去，结果还是把河身一段段的腰斩了去！

你站在桥上去看人家撑，那多不费劲，多美，尤其在礼拜天有几个专家的女郎，穿一身缟素衣服，裙裾在风前悠悠的飘着，戴一顶宽边的薄纱帽，帽影在水草间颤动，你看她们出桥洞时的姿态，捻起一根竟像没分量的长竿，只轻轻的，不经心的往波心里一点，身子微微的一蹲，这船身便波的转出了桥影，翠条鱼似的向前滑了去。她们那敏捷，那闲暇，那轻盈，真是值得歌咏的。

在初夏阳光渐暖时你去买一支小船，划去桥边荫下躺着念你的书或是做你的梦，槐花香在水面上飘浮，鱼群的唼喋声在你的耳边挑逗。或是在初秋的黄昏，近着新月的寒光，望上流僻静处远去。爱热闹的少年们携着他们的女友，在船沿上支着双双的东洋彩纸灯带着话匣子，船心里用软垫铺着，也开向无人迹处去享他们的野福——谁不爱听那水底翻的音乐在静定的河上描写梦意与春光！

住惯城市的人不易知道季候的变迁。看见叶子掉知道是秋，看见叶子绿知道是春；天冷了装炉子，天热了拆炉子；脱下棉袍，换上夹袍，脱下夹袍，穿上单袍：不过如此罢了。天上星斗的消息，地下泥土里的消息，空中风吹的消息，都不关我们的事。忙着哪，这样那样事情多着，谁耐烦管星星的移转，花草的消长，风云的变幻？同时我们抱怨我们的生活，苦痛，烦闷，拘束，枯燥，谁肯承认做人是快乐？谁不多少间咒诅人生？

　　但不满意的生活大都是由于自取的。我是一个生命的信仰者，我信生活决不是我们大多数人仅仅从自身经验推得的那样暗惨。我们的病根是在"忘本"。人是自然的产儿，就比枝头的花与鸟是自然的产儿；但我们不幸是文明人，人世深似一天，离自然远似一天。离开了泥土的花草，离开了水的鱼，能快活吗？能生存吗？从大自然，我们取得我们的生命；从大自然，我们应分取得我们继续的滋养。那一株婆娑的大木没有盘错的根柢深入在无尽藏的地里？我们是永远不能独立的。有幸福是永远不离母亲抚育的孩子，有健康是永远接近自然的人们。不必一定与鹿豕游，不必一定回"洞府"去；为医治我们当前生活的枯窘，只要"不完全遗忘自然"一张轻淡的药方我们的病象就有缓和的希望。在青草里打几个滚，到海水里洗几次浴，到高处去看几次朝霞与晚照——你肩背上的负担就会轻松了去的。

　　这是极肤浅的道理，当然。但我要没有过遇康桥的日子，我就不会有这样的自信。我这一辈子就只那一春，说也可怜，算是不曾虚度。就只那一春，我的生活是自然的，是真愉快的！（虽则碰巧那也是我最感受人生痛苦的时期。）我那时有的是闲暇，有的是自由，有的是绝对单独的机会。说也奇怪，竟像是第一次，我辨认了星月的光明，草的青，花的香，流水的殷勤。我能忘记那初春的睥睨吗？曾经有多少个清晨我独自冒着冷去薄霜铺地的林子里闲步——为听鸟语，为盼朝阳，为寻泥土里渐次苏醒的花草，为体会最微细最神妙的春信。阿，那是新来的画眉在那边啁不尽的青枝上试它的新声！阿，这是第一朵小雪球花挣出了半冻的地面！阿，这不是新来的潮润沾上了寂寞的柳条？

静极了，这朝来水溶溶的大道，只远处牛奶车的铃声，点缀这周遭的沉默。顺着这大道走去，走到尽头，再转入林子里的小径，往烟雾浓密处走去，头顶着交枝的榆荫，透露着漠楞楞的曙色；再往前走去，走尽这林子，当前是平坦的原野，望见了村舍，初青的麦田，更远三两个馒形的小山掩住了一条通道。天边是雾茫茫的，尖尖的黑影是近村的教寺。听，那晓钟和缓的清音。这一带是此邦中部的平原，地形像是海里的轻波，默沈沈的起伏；山岭是望不见的，有的是常青的草原与沃腴的田壤。登那土阜上望去，康桥只是一带茂林，拥戴着几处娉婷的尖阁。妩媚的康河也望不见踪迹，你只能循着那锦带似的林木想像那一流清浅。村舍与树林是这地盘上的棋子，有村舍处有佳荫，有佳荫处有村舍。这早起是看炊烟的时辰：朝雾渐渐的升起，揭开了这灰苍苍的天幕（最好是微霜后的光景），远近的炊烟，成丝的，成缕的，成卷的，轻快的，迟重的，浓灰的，淡青的，惨白的，在静定的朝气里渐渐的上腾，渐渐的不见，仿佛是朝来人们的祈祷，参差的翳入了天听。朝阳是难得见的，这初春的天气。但它来时是起早人莫大的愉快。顷刻间这田野添深了颜色，一层轻纱似的金粉糁上了这草，这树，这通道，这庄舍。顷刻间这周遭弥漫了清晨富丽的温柔。顷刻间你的心怀也分润了白天诞生的光荣。"春"！这胜利的晴空仿佛在你的耳边私语。"春"！你那快活的灵魂也仿佛在那里回响。

......

　　伺候着河上的风光，这春来一天有一天的消息。关心石上的苔痕，关心败草里的花鲜，关心这水流的缓急，关心水草的滋长，关心天上的云霞，关心新来的鸟语。怯怜怜的小雪球是探春信的小使。铃兰与香草是欢喜的初声。窈窕的莲馨，玲珑的石水仙，爱热闹的克罗克斯，耐辛苦的浦公英与雏菊——这时候春光已是缦烂在人间，更不须殷勤问讯。

　　瑰丽的春放。这是你野游的时期。可爱的路政，这里不比中国，那一处不是坦荡荡的大道？徒步是一个愉快，但骑自转车是一个更大的愉快。在康桥骑车是普遍的技术；妇人，稚子，老翁，一致享受这双轮舞的快乐。（在康桥听说自转车是不怕人偷的，就为人人都自己有车，没人要偷。）任你选一个方向，任你上一条通道，顺着这带草味的和风，放轮远去，保管你这半天的逍遥是你性灵的补剂。这道上有的是清荫与美草，随地都可以供你休憩。你如爱花，这里多的是锦绣似的草原。你如爱鸟，这里多的是巧啭的鸣禽。你如爱儿童，这乡间到处是可亲的稚子。你如爱人情，这里多的是不嫌远客的乡人，你到处可以"挂单"借宿，有酪浆与嫩薯供你饱餐，有夺目的果鲜恣你尝新。你如爱酒，这乡间每"望"都为你储有上好的新酿，黑啤如太浓，苹果酒姜酒都是供你解渴润肺的。……带一卷书，走十里路，选一块清静地，看天，听鸟，读书，倦了时，和身在草绵绵处寻梦去——你能想像更适情更适性的消遣吗？

　　陆放翁有一联诗句："传呼快马迎新月，却上轻舆趁晚凉"；这是做地方官的风流。我在康桥时虽没马骑，没轿子坐，却也有我的风流：我常常在夕阳西晒时骑了车迎着天边扁大的日头直追。日头是追不到的，我没有夸父的荒诞，但晚景的温存却被我这样偷尝了不少。有三两幅书画似的经验至今还是栩栩的留着。只说看夕阳，我们平常只知道登山或是临海，但实际只须辽阔的天际，平地上的晚霞有时也是一样的神奇。有一次我赶到一个地方，手把着一家村庄的篱笆，隔着一大田的麦浪，看西天的变幻。有一次是正冲着一条宽广的大道，过来一大群羊，放草归来的，偌大的太阳在它们后背放射着万缕的金辉，天上却是乌青青的，只剩这不可逼视的威光中的一条大路，一群生物！我心头顿时感着神异性的压迫，我真的跪下了，对着这冉冉渐翳的金光。再有一次是更不可忘的奇景，那是临着一大片望不到头的草原，满开着艳红的罂粟，在青草里亭亭的像是万盏的金灯，阳光从褐色云里斜着过来，幻成一种异样的紫色，透明似的不可逼视，霎那间在我迷眩了的视觉中，这草田变成了……不说也罢，说来你们也是不信的！

一别二年多了，康桥，谁知我这思乡的隐忧？也不想别的，我只要那晚钟撼动的黄昏，没遮拦的田野，独自斜倚在软草里，看第一个大星在天边出现！

十五年（一九二六）一月十五日再添几句闲话的

216

一

一个单纯的孩子，过他快活的时光，与匆匆的，活泼泼的，何尝识别生存与死亡？

这四行诗是英国诗人华茨华斯（William Wordsworth）一首有名的小诗叫做"我们是七人"（We Are Seven）的开端，也就是他的全诗的主意。这位爱自然，爱儿童的诗人，有一次碰着一个八岁的小女孩，发卷蓬松的可爱，他问她兄弟姊妹共有几人，她说我们是七个，两个在城里，两个在外国，还有一个姊妹一个哥哥，在她家里附近教堂的墓园里埋着。但她小孩的心理，却不分清生与死的界限，她每晚携着她的干点心与小盘皿，到那墓园的草地里，独自的吃，独自的唱，唱给她的在土堆里眠着的兄姊听，虽则他们静悄悄的莫有回响，她烂漫的童心却不曾感到生死间有不可思议的阻隔；所以任凭华翁多方的譬解，她只是睁着一双灵动的小眼，回答说：

"可是，先生，我们还是七人。"

二

其实华翁自己的童真，也不让那小女孩的完全：他曾经说"在孩童时期，我不能相信我自己有一天也会得悄

我
的
祖
母
之
死①

---

① 1923 年 11 月 24 日作；载 1923 年 12 月 1 日《晨报五周年纪念增刊》；初收 1928 年 1 月上海新月书店《自剖》。采自《自剖》。

散
文

悄的躺在坟里，我的骸骨会得变成尘土"。又一次他对人说"我做孩子时最想不通的，是死的这回事将来也会得轮到我自己身上"。

孩子们天生是好奇的，他们要知道猫儿为什么要吃耗子，小弟弟从哪里变出来的，或是究竟先有鸡还是先有鸡蛋；但人生最重大的变端——死的见象与实在，他们也只能含糊的看过，我们不能期望一个个小孩子们都是搔头穷思的丹麦王子。他们临到丧故，往往跟着大人啼哭；但他只要眼泪一干，就会到院子里踢毽子，赶蝴蝶，就使在屋子里长眠不醒了的是他们的亲爹或亲娘，大哥或小妹，我们也不能盼望悼死的悲哀可以完全翳蚀了他们稚羊小狗似的欢欣。你如其对孩子说，你妈死了，你知道不知道——他十次里有九次只是对着你发呆；但他等到要妈叫妈，妈偏不应的时候，他的嫩颊上就会有热泪流下。但小孩天然的一种表情；往往可以给人们最深的感动。我生平最忘不了的一次电影，就是描写一个小孩爱恋已死母亲的种种天真的情景。她在园里看种花，园丁告诉她这花在泥里，浇下水去，就会长大起来。那天晚上天下大雨，她睡在床上，被雨声惊醒了，忽然想起园丁的话，她的小脑筋里就发生了绝妙的主意。她偷偷的爬出了床，走下楼梯，到书房里去拿下桌上供着的她死母的照片，一把揣在怀里，也不顾倾倒着的大雨，一直走到园里，在地上用园丁的小锄掘松了泥土，把她怀里的亲妈，谨慎的取了出来，栽在泥里，把松泥掩护着；她做完了工就蹲在那里守候——一个三四岁的女孩，穿着白色的睡衣，在深夜的暴雨里，蹲在露天的地上，专心笃意的盼望已经死去的亲娘，像花草一般，从泥土里发长出来！

三

　　我初次遭逢亲属的大故，是二十年前我祖父的死，那时我还不满六岁。那是我生平第一次可怕的经验，但我追想当时的心理，我对于死的见解也不见得比华翁的那位小姑娘高明。我记得那天夜里，家里人吩咐祖父病重，他们今夜不睡了，但叫我和我的姊妹先上楼睡去，回头要我们时他们会来叫的。我们就上楼去睡了，底下就是祖父的卧房，我那时也不十分明白，只知道今夜一定有很怕的事，有火烧，强盗抢，做怕梦，一样的可怕。我也不十分睡着，只听得楼下的急步声，碗碟声，唤婢仆声，隐隐的哭泣声，不息的响着。过了半夜，他们上来把我从睡梦里抱下去，我醒过来只听得一片的哭声，他们已经把长条香点起来，一屋子的烟，一屋子的人，围拢在床前，哭的哭，喊的喊，我也捱了过去，在人丛里偷看大床里的好祖父。忽然听说醒了醒了，哭喊声也歇了，我看见父亲爬在床里，把病父抱持在怀里，祖父倚在他的身上，双眼紧闭着，口里衔着一块黑色的药物他说话了，很清的声音，虽则我不曾听明他说的什么话，后来知道他经过了一阵昏晕，他又醒了过来对家人说："你们吃吓了，这算是小死。"他接着又说了好几句话，随讲音随低，呼气随微，去了，再不醒了，但我却不曾亲见最后的弥留，也许是我记不起，总之我那时早已跪在地板上，手里擎着香，跟着大众高声的哭喊了。

四

　　此后我在亲戚家收殓虽则看得不少，但死的实在的状况却不曾见过。我们念书人的幻想力是较比的丰富，但往往因为有了幻想力，就不管生命现象的实在，结果是书呆子，陆放翁说的"百无一用是书生"。人生的范围是无穷的：我们少年时精力充足什么都不怕尝试，只愁没有出奇的事情做，往往抱怨这宇宙太窄，青天太低，大鹏似的翅膀飞不痛快，但是……但是平心的说，且不论奇的，怪的，特别的，离奇的，我们姑且试问人生里最基本的事实，最单纯的，最普遍的，最平庸的，最近人情的经验，我们究竟能有多少的把握，我们能有多少深澈的了解，我们是否都亲身经历过？譬如说：生产，恋爱，痛苦，悲，死，妒，恨，快乐，真疲倦，真饥饿，渴，毒焰似的渴，真的幸福，冻的刑罚，忏悔，种种的情热。我可以说，我们平常人生观，人类，人道，人情，真理，哲理，本能等等名词不离口吻的念书人们，什么文学家，什么哲学家——关于真正人生基本的事实的实在，知道的——恐怕是极微至鲜，即使不等于圆圈。我有一个朋友，他和他夫人的感情极厚，一次他夫人临到难产，因为在外国，所以进医院什么都得他自己照料，最后医生宣言只有用手术一法，但性命不能担保，他没有法子，只好和他半死的夫人诀别（解剖时亲属不准在旁的）。满心毒魔似的难受，他出了医院，走在道上，走上桥去，像得了离魂病似的，心脉春臼似的跳着，最后他听着了教堂和缓的钟声，他就不自主的跟着钟声，进了教堂，跟着在做礼拜的跪着，祷告，忏悔，祈求，唱诗，流泪（他并不是信教的人），他这样的捱过时刻，后来回转医院时，一步步都是惨酷的磨难，比上行刑场的犯人，加倍的难受，他怕见医生与看护妇，仿佛他的运命是在他们的手掌里握着。事后他对人说"我这才知道了人生一点子的意味！"

五

所以不曾经历过精神或心灵的大变的人们，只是在生命的户外徘徊，也许偶尔猜想到几分墙内的动静，但总是浮的浅的，不切实的，甚至完全是隔膜的。人生也许是个空虚的幻梦，但在这幻象中，生与死，恋爱与痛苦，毕竟是陡起的奇峰，应得激动我们彷徨者的注意，在此中也许有可以感悟到一些幻里的真，虚中的实，这浮动的水泡不曾破裂以前，也应得饱吸自由的日光，反射几丝颜色！

我是一只不羁的野驹，我往往纵容想像的猖狂，诡辩人生的现实；比如凭藉凹折的玻璃，觉察当前景色。但时而复再，我也能从烦嚣的杂响中听出清新的乐调，在炫耀的杂彩里，看出有条理的意匠。这次祖母的大故，老家庭的生活，给我不少静定的时刻，不少深刻的反省。我不敢说我因此感悟了部分的真理，或是取得了若干的智慧；我只能说我因此与实际生活更深了一层的接触，益发激动我对于人生种种好奇的探讨，益发使我惊讶这迷谜的玄妙，不但死是神奇的现象，不但生命与呼吸是神奇的现象，就连日常的生活与习惯与迷信，也好像放射着异样的光闪，不容我们擅用一两个形容词来概状，更不容我们昌言什么主义来抹煞——一个革新者的热心，碰着了实在的寒冰！

六

我在我的日记里翻出一封不曾写完不曾付寄的信，是我祖母死后第二天的早上写的。我那时在极强烈的极鲜明的时刻内，很想把那几日经过感想与疑问，痛快的写给一个同情的好友，使他在数千里外也能分尝我强烈的鲜明的感情。那位同情的好友我选中了通伯，但那封信却只起了一个呆重的头，一为丧中忙，二为我那时眼热不耐用心，始终不曾写就，一直挨到现在再想补写，恐怕强烈已经变弱，鲜明已经透暗，逃亡的囚通，不易追获的了。我现在把那封残信录在这里，再来追摹当时的情景。

通伯：我的祖母死了！从昨夜十时半起，直到现在，满屋子只是号啕呼抢的悲音。与和尚道士女僧的礼忏鼓磬声。二十年前祖父丧时的情景。如今又在眼前了。忘不了的情景！你愿否听我讲些？

我一路回家，怕的是也许已经见不到老人，但老人却在生死的交关仿佛存心的弥留着，等待她最钟爱的孙儿——即不能与他开言诀别，也使他尚能把握她依然温暖的手掌，抚摩她依然跳动着的胸怀。凝视她依然能自开自合虽则不再能表情的目睛。她的病是脑充血的一种，中医称为"卒中"（最难救的中风）。她十日前在暗房里蹟仆倒地，从此不再开口出言，登仙似的结束了她八十四年的长寿，六十年良妻与贤母的辛勤，她现在已经永远的脱辞了烦恼的人间，还归她清净自在的来处。我们承受她一生的厚爱与荫泽的儿孙，此时亲见，将来追念，她最后的神化，不能自禁中怀的摧痛，热泪暴雨似的盆涌，然痛心中却亦隐有无穷的赞美，热泪中依稀想见她功成德备的微笑，无形中似有不朽的灵光，永远的临照她绵衍的后裔……

七

旧历的乞巧那一天，我们一大群快活的游踪，驴子灰的黄的白的，轿子四个脚夫抬的，正在山海关外，纡回的，曲折的绕登角山的栖贤寺，面对着残圮的长城，巨虫似的爬山越岭，隐入烟霭的迷茫。那晚回北戴河海滨住处，已经半夜，我们还打算天亮四点钟上莲峰山去看日出，我已经快上床，忽然想起了，出去问有信没有，听差递给我一封电报，家里来的四等电报。我就知道不妙，果然是"祖母病危速回"！我当晚就收拾行装，赶早上六时车到天津，晚上才上津浦快车。正嫌路远车慢，半路又为水发冲坏了轨道过不去，一停就停了十二点钟有余，在车里多过了一夜，直到第三天的中午方才过江上沪宁车。这趟车如其准点到上海，刚好可以接上沪杭的夜车，谁知道又误了点，误了不多不少的一分钟，一面我们的车进站，他们的车头鸣的一声叫，别断别断的去了！我若然是空身子，还可以冒险跳车，偏偏我的一双手又被行李雇定了，所以只得定着眼睛送它走。

所以直到八月二十二日的中午我方才到家。我给通伯的信说"怕是已经见不着老人"，在路上那几天真是难受，缩不短的距离没有法子，但是那急人的水发，急人的火车，几面凑拢来，叫我整整的迟一昼夜到家！试想病危了的八十四岁的老人，这二十四点钟不是容易过的，说不定她刚巧在这个期间内有什么动静，那才叫人抱憾哩！但是结果还算没有多大的差池——她老人家还在生死的交关等着！

八

奶奶——奶奶——奶奶！奶——奶！你的孙儿回来了，奶奶！没有回音。老太太合着眼，仰面躺在床里，右手拿着一把半旧的雕翎扇很自在的扇动着。老太太原来就怕热，每年暑天总是扇子不离手的，那几天又是特别的热。这还不是好好的老太太，呼吸顶匀净的，定是睡着了，谁说危险！奶奶，奶奶！她把扇子放下了，伸手去摸着头顶上挂着的冰袋，一把抓得紧紧的，呼了一口长气，像是暑天赶道儿的喝了一碗凉汤似的，这不是她明明的有感觉不是？我把她的手拿在我的手里，她似乎感觉我手心的热，可是她也让我握着，她开眼了！右眼张得比左眼开些，瞳子却是发呆，我拿手指在她的眼前一挑，她也没有瞬，那准是她瞧不见了——奶奶，奶奶，——她也真没有听见，难道她真病了，真是危险，这样爱我疼我宠我的好祖母，难道真会得……我心里一阵的难受，鼻子里一阵的酸，滚热的眼泪就进了出来。这时候床前已经挤满了人，我的这位，我的那位，我一眼看过去，只见一片惨白忧愁的面色，一双双装满了泪珠的眼眶。我的妈更看的憔悴。她们已经伺候了六天六夜，妈对我讲祖母这回不幸的情形，怎样的她夜饭前还在大厅上吩咐事情，怎样的饭后进房去自己擦脸，不知怎样的闪了下去，外面人听着响声才进去，已经是不能开口了，怎样的请医生，一直到现在还没有转机……

　　一个人到了天伦骨肉的中间，整套的思想情绪，就变换了式样与颜色。你的不自然的口音与语法没有用了；你的耀眼的袍服可以不必穿了；你的洁白的天使的翅膀，预备飞翔出人间到天堂的，不便在你的慈母跟前自由的开豁；你的理想的楼台亭阁，也不易轻易的放进这二百年的老屋；你的佩剑，要塞，以及种种的防御，在争竞的外界即使是必要的，到此只是可笑的累赘。在这里，不比在其余的地方，他们所要求于你的，只是随熟的声音与笑貌，只是好的，纯粹的本性，只是一个没有斑点子的赤裸裸的好心。在这些纯爱的骨肉的经纬中心，不由得你不从你的天性里抽出最柔糯亦最有力的几缕丝线来加密或是缝补这幅天伦的结构。

所以我那时坐在祖母的床边，含着两朵热泪，听母亲叙述她的病况，我脑中发生了异常的感想，我像是至少逃回了二十年的光阴，正如我膝前子侄辈一般的高矮，回复了一片纯朴的童真，早上走来祖母的床前，揭开帐子叫一声软和的奶奶，她也回叫了我一声，伸手到里床去摸给我一个蜜枣或是三片状元糕，我又叫了一声奶奶，出去玩了，那是如何可爱的辰光，如何可爱的天真，但如今没有了，再也不回来了。现在床里躺着的，还不是我的亲爱的祖母，十个月前我伴着到普渡〈陀〉登山拜佛清健的祖母，但现在何以不再答应我的呼唤，何以不再能表情，不再能说话，她的灵性哪里去了，她的灵性那里去了？

九

一天，一天，又是一天——在垂危的病榻前过的时刻，不比平常飞驶无碍的光阴，时钟上同样的一声的嗒，直接的打在你的焦急的心里，给你一种模糊的隐痛——祖母还是照样的眠着，右手的脉自从起病以来已是极微仅有的，但不能动掸〈弹〉的却反是有脉的左侧，右手还是不时在挥扇，但她的呼吸还是一例的平匀，面容虽不免瘦削，光泽依然不减，并没有显着的衰象，所以我们在旁边看她的，差不多每分钟都盼望她从这长期的睡眠中醒来，打一个哈欠，就开眼见人，开口说话——果然她醒了过来，我们也不会觉得离奇，像是原来应当似的。但这究竟是我们亲人绝望中的盼望，实际上所有的医生，中医，西医，针医，都已一致的回绝，说这是"不治之症"，中医说这脉象是凭证，西医说脑壳里血管破裂，虽则植物性机能——呼吸，消化——不曾停止，但言语中枢已经断绝——此外更专门更玄学更科学的理论我也记不得。所以暂时不变的原因，就在老太太本来的体元太好了，拳术家说的"一时不能散工"，并不是病有转机的兆头。

我们自己人也何尝不明白这是个绝症；但我们却总不忍自认是绝望：这"不忍"便是人情。我有时在病榻前，在凄恺的静默中，发生了重大的疑问。科学家说人的意识与灵感，只是神经系最高的作用，这复杂，微妙的机械，只要部分有了损伤或是停顿，全体的动作便发生相当的影响；如其最重要的部分受了扰乱，他不是变成反常的疯癫，便是完全的失去意识。照这一说，体即是用，离了体即没有用；灵魂是宗教家的大谎，人的身体一死什么都完了。这是最甘〈干〉脆不过的说法，我们活着时有这样有那样已经尽够麻烦，尽够受，谁还有兴致，谁还愿意到坟墓的那一边再去发生关系，地狱也许是黑暗的，天堂是光明的，但光明与黑暗的区别无非是人类专擅的假定，我们只要摆脱这皮囊，还归我清静，我就不愿意头戴一个黄色的空圈子，合着手掌跪在云端里受罪！

再回到事实上来，我的祖母——一位神智最清明的老太太——究竟在那里？我既然不能断定因为神经部分的震裂她的灵感性便

永远的消灭，但同时她又分明的失却了表情的能力，我只能设想
她人格的自觉性，也许比平时消澹〈淡〉了不少，却依旧是在着，
像在梦魇里将醒未醒时似的，明知她的儿女孙曾不住的叫唤她醒
来，明知她即使要永别也总还有多少的嘱咐，但是可怜她的睛球
再不能反映外界的印象，她的声带与口舌再不能表达她内心的情
意，隔着这脆弱的肉体的关系，她的性灵再不能与她最亲的骨肉
自由的交通——也许她也在整天整夜的伴着我们焦急，伴着我们
伤心，伴着我们出泪，这才是可怜，这才真叫人悲戚哩！

十

到了八月二十七那天，离她起病的第十一天，医生吩咐脉象大
大的变了，叫我们当心，这十一天内每天她只咽入很困难的几滴稀
薄的米汤，现在她的面上的光泽也不如早几天了，她的目眶更陷
落了，她的口部的筋肉也更宽驰了，她右手的动作也减少了，即
使拿起了扇子也不再能很自然的扇动了——她的大限的确已经到
了。但是到晚饭后，反是没有什么显象。同时一家人着了忙，准备
寿衣的，准备冥银的，准备香灯等等的。我从里走出外，又从外走
进里，只见匆忙的脚步与严肃的面容。这时病人的大动脉已经微细
的不可辨，虽则呼吸还不至怎样的急促。这时一门的骨肉已经齐集
在病房里，等候那不可避免的时刻。到了十时光景，我和我的父亲
正坐在房的那一头一张床上，忽然听得一个哭叫的声音说——"大
家快来看呀，老太太的眼睛张大了！"这尖锐的喊声，仿佛是一
大桶的冰水浇在我的身上，我所有的毛管一齐竖了起来，我们跟
跄的奔到了床前，挤进了人群。果然，老太太的眼睛张大了，张

散文

得很大了！这是我一生从不曾见过，也是我一辈子忘不了的眼见的神奇。（恕罪我的描写！）不但是两眼，面容也是绝对的神变了（Transfigured）：她原来皱缩的面上，发出一种鲜润的彩泽，仿佛半瘀的血脉，又一度满充了生命的精液，她的口，她的两颊，也都回复了异样的丰润；同时她的呼吸渐渐的上升，急进的短促，现在已经几乎脱离了气管，只在鼻孔里脆响的呼出了。但是最神奇不过的是一只眼睛！她的瞳孔早已失去了收敛性，呆顿的放大了。但是最后那几秒钟！不但眼眶是充分的张开了，不但黑白分明，瞳孔锐利的紧敛了，并且放射着一种不可形容，不可信的辉光，我只能称他为"生命最集中的灵光"！这时候床前只是一片的哭声，子媳唤着娘，孙子唤着祖母，婢仆争喊着老太太，几个稚龄的曾孙，也跟着狂叫太太……但老太太最后的开眼，仿佛是与她亲爱的骨肉，作无言的诀别，我们都在号泣的送终，她也安慰了，她放心的去了。在几秒时内，死的黑影已经移上了老人的面部，遏灭了生命的异彩，她最后的呼气，正似水泡破裂，电光沓灭，菩提的一响，生命呼出了窍，什么都止息了。

十一

我满心充塞了死象的神奇，同时又须顾管我有病的母亲，她那时出性的号啕，在地板上滚着，我自己反而哭不出来；我自己也觉得奇怪，眼看着一家长幼的涕泪滂沱，耳听着狂沸似的呼抢号叫，我不但不发生同情的反应，却反而达到了一个超感情的，静定的，幽妙的意境，我想像的看见祖母脱离了躯壳与人间，穿着雪白的长袍，冉冉的上升天去，我只想默默的跪在尘埃，赞美她一生的功

228

德，赞美她一生的圆寂。这是我的设想！我们内地人却没有这样纯粹的宗教思想；他们的假定是不论死的是高年厚德的老人或是无知无愆的幼孩，或是罪大恶极的凶人，临到弥留的时刻总是一例的有无常鬼，摸壁鬼，牛头马面，赤发獠牙的阴差等等到门，拿着镣链枷锁，来捉拿阴魂到案。所以烧纸帛是平他们的暴戾，最后的呼抢是没奈何的诀别。这也许是大部分临死时实在的情景，但我们却不能概定所有的灵魂都不免遭受这样的凌辱。譬如我们的祖老太太的死，我只能想像她是登天，只能想像她慈祥的神化——像那样鼎沸的号啕，固然是至性不能自禁，但我总以为不如匍伏隐泣或祷默，较为近情，较为合理。

　　理智发达了，感情便失了自然的浓挚；厌世主义的看来，眼泪与笑声一样是空虚的，无意义的。但厌世主义姑且不论，我却不相信理智的发达，会得妨碍天然的情感；如其教育真有效力，我以为效力就在剥削了不合理性的"感情作用"，但决不会有损真纯的感情；他眼泪也许比一般人流得少些，但他等到流泪的时候，他的泪才是应流的泪。我也是智识愈开流泪愈少的一个人，但这一次却也真的哭了好几次。一次是伴我的姑母哭的，她为产后不曾复原，所以祖母的病一直瞒着她，一直到了祖母故后的早上方才通知她。她扶病来了，她还不曾下轿，我已经听出她在啜泣，我一时感觉一阵的悲伤，等到她出轿放声时，我也在房中嘘唏不住。又一次是伴祖母当年的赠嫁婢哭的。她比祖母小十一岁，今年七十三岁，亦已是个白发的婆子，她也来哭她的"小姐"，她是见着我祖母的花烛的唯一个人，她的一哭我也哭了。

再有是伴我的父亲哭的。我总是觉得一个身体伟大的人，他动情感的时候，动人的力量也比平常人伟大些。我见了我父亲哭泣，我就忍不住要伴着淌泪。但是感动我最强烈的几次，是他一人倒在床里，反复的啜泣着，叫着妈，像一个小孩似的，我就感到最热烈的伤感，在他伟大的心胸里浪涛似的起伏，我就感到母子的感情的确是一切感情的起原与总结，等到一失慈爱的荫蔽，仿佛一生的事业顿时莫有了根柢，所有的快乐都不能填平这唯一的缺陷；所以他这一哭，我也真哭了。

但是我的祖母果真是死了吗？她的躯体是的。但她是不死的。诗人勃兰恩德说（Bryant）：

So live, that when thy summons comes to join the innumer able caravan, which moves to that mysterious r-ealm where each one takes his chamber in the silent halls of death, then go not, like the quarry slave at night scourged to his dungeon, but sus tained and soothed.

By an unfaltering truth, approach thy grave like one thatwraps the drapery of his couch, adout him, and lies down to pleasant dreams.①

---

①活下去吧，当你受到召唤，去加入向那神秘的领域行进的无穷无尽的旅行队伍，去死亡的府第入住的时候，不要像那逃奴，在深夜里被鞭子抽着回到他的地牢，而应该是镇定与平静的。／因为对真理的毫不动摇的信念，你在走近坟墓的时候要像一个上床睡觉的人，把毯子卷好，躺下准备做一夜的美梦。

如果我们的生前是尽责任的，是无愧的，我们就会安坦的走近我们的坟墓，我们的灵魂里不会有惭愧或悔恨的啮痕。人生自生至死，如勃兰恩德的比喻，真是大队的旅客在不尽的沙漠中进行，只要良心有个安顿，到夜里你卧倒在帐幕里也就不怕噩梦来缠绕。

　　我的祖母，在那旧式的环境里，到我们家来五十九年，真像是做了长期的苦工，她何尝有一日的安闲，不必说子女的嫁娶，就是一家的柴米油盐，扫地抹桌，那一件事不在八十岁老人早晚的心上！我的伯父快近六十岁了，但他的起居饮食，还差不多完全是祖母经管的，初出世的曾孙如其有些身热咳嗽，老太太晚上就睡不安稳；她爱我宠我的深情，更不是文字所能描写；她那深厚的慈荫，真是无所不包，无所不蔽。但她的身心即使劳碌了一生，她的报酬却在灵魂无上的平安；她的安慰就在她的儿女孙曾，只要我们能够步她的前例，各尽天定的责任，她在冥冥中也就永远的微笑了。

十一月二十四日

天目山中笔记①

佛于大众中　说我当作佛
闻如是法音　疑悔悉已除
初闻佛所说　心中大惊疑
将非魔作佛　恼乱我心耶

　　　　　　　——莲华经譬喻品

　　山中不定是清静。庙宇在参天的大木中间藏着，早晚间有的是风，松有松声，竹有竹韵，鸣的禽，叫的虫子，阁上的大钟，殿上的木鱼，庙身的左边右边都安着接泉水的粗毛竹管，这就是天然的笙箫，时缓时急的参〈掺〉和着天空地上种种的鸣籁。静是不静的；但山中的声响，不论是泥土里的蚯蚓叫或是轿夫们深夜里"唱宝"的异调，自有一种各别处：它来得纯粹，来得清亮，来得透彻，冰水似的沁入你的脾肺；正如你在泉水里洗濯过后觉得清白些，这些山籁，虽则一样是音响，也分明有净的功能。

　　夜间这些清籁摇着你入梦，清早上你也从这些清籁的怀抱中苏醒。

　　山居是福，山上有楼住更是修得来的。我们的楼窗开处是一片蓊葱的林海；林海外更有云海！日的光，月的光，星的光：全是你的。从这三尺方的窗户你接受自然的变幻；从这三尺方的窗户你散放你情感的变幻。自在；

——————————
①载 1926 年 9 月 4 日《晨报副刊》，署名志摩；初收 1927 年 8 月上海新月书店《巴黎的鳞爪》。采自《巴黎的鳞爪》。

满足。

今早梦回时睁眼见满帐的霞光。鸟雀们在赞美；我也加入一份。它们的是清越的歌唱，我的是潜深一度的沉默。

钟楼中飞下一声宏钟，空山在音波的磅礴中震荡。这一声钟激起了我的思潮。不，潮字太夸；说思流罢。耶教人说阿门，印度教人说"欧姆"（O——m），与这钟声的嗡嗡，同是从摄口外摄到阖口内包的一个无限的波动：分明是外扩，却又是内潜；一切在它的周缘，却又在它的中心：同时是皮又是核，是轴亦复是廓。这伟大奥妙的"Om"使人感到动，又感到静；从静中见动，又从动中见静。从安住到飞翔，又从飞翔回复安住；从实在境界超入妙空，又从妙空化生实在：——

"闻佛柔软音，深远甚微妙。"

多奇异的力量！多奥妙的启示！包容一切冲突性的现象，扩大霎那间的视域，这单纯的音响，于我是一种智灵的洗净。花开，花落，天外的流星与田畦间的飞萤，上缩云天的青松，下临绝海的巉岩，男女的爱，珠宝的光，火山的溶液：一如婴儿在它的摇篮中安眠。

这山上的钟声是昼夜不间歇的，平均五分钟打一次。打钟的和尚独自在钟楼上住着，据说他已经不间歇的打了十一年钟，他的愿心是打到他不能动弹的那天。钟楼上供着菩萨，打钟人在大钟的一边安着他的"座"，他每晚是坐着安神的，一只手挽着钟棰的一头，从长期的习惯，不叫睡眠耽误他的职司。"这和尚，"我自忖，"一定是有道理的！和尚是没道理的多：方才那知客僧想把七窍蒙充六根，怎么算总多了一个鼻孔或是耳孔；那方丈师的谈吐里不少某督军与某省长的点缀；那管半山亭的和尚更是贪嗔的化身，无端摔破了两个无辜的茶碗。但这打钟和尚，他一定不是庸流不能不去看看！"他的年岁在五十开外，出家有二十几年，这钟楼，不错，是他管的，这钟是他打的（说着他就去撞了一下），他每晚，也不错，是坐着安神的，但此外，可怜，我的俗眼竟看不出什么异样。他拂拭着神龛，神座，拜垫，换上香烛，掇一盂水，洗一把青菜，捻一把米，擦干了手接受香客的布施，又转身去撞一声钟。他脸上看不出修行的清癯，却没有失眠的倦态，倒是满满的不时有笑容的展露；念什么经；不，就念阿弥陀佛，他竟许是不认识字的。"那一带是什么山，叫什么，和尚？""这里是天目山。"他说。"我知道，我说的是那一带的。"我手点着问。"我不知道。"他回答。

　　山上另有一个和尚，他住在更上去昭明太子读书台的旧址，盖着几间屋，供着佛像，也归庙管的，叫作茅棚。但这不比得普渡山上的真茅棚，那看了怕人的，坐着或是偎着修行的和尚没一个不是鹄形鸠面，鬼似的东西。他们不开口的多，你爱布施什么就放在他跟前的篓子或是盘子里，他们怎么也不睁眼，不出声，随你给的是金条或是铁条。人说得更奇了。有的半年没有吃过东西，不曾挪过窝，可还是没有死，就这冥冥的坐着。他们大约离成佛不远了，单看他们的脸色，就比石片泥土不差什么，一样这黑刺刺，死僵僵的。"内中有几个，"香客们说，"已经成了活佛，我们的祖母早三十年来就看见他们这样坐着的！"

但天目山的茅棚以及茅棚里的和尚，却没有那样的浪漫出奇。茅棚是尽够蔽风雨的屋子，修道的也是活鲜鲜的人，虽则他并不因此减却他给我们的趣味。他是一个高身材，黑面目，行动迟缓的中年人；他出家将近十年，三年前坐过禅关，现在这山上茅棚里来修行；他在俗家时是个商人，家中有父母兄弟姊妹，也许还有自身的妻子；他不曾明说他中年出家的缘由，他只说"俗业太重了，还是出家从佛的好"，但从他沉着的语音与持重的神态中可以觉出他不仅是曾经在人事上受过磨折，并且是在思想上能分清黑白的人。他的口，他的眼，都泄漏着他内里强自抑制，魔与佛交斗的痕迹；说他是放过火杀过人的忏悔者，可信；说他是个回头的浪子，也可信。他不比那钟楼上人的不着颜色，不露曲折：他分明是色的世界里逃来的一个囚犯。三年的禅关，三年的草棚，还不曾压倒，不曾灭净，他肉身的烈火。"俗业太重了，不如出家从佛的好"；这话里岂不颤栗着一往忏悔的深心？我觉着好奇；我怎么能得知他深夜跌坐时意念的究竟？

佛于大众中　说我当作佛
闻如是法音　疑悔悉已除
初闻佛所说　心中大惊疑
将非魔所说　恼乱我心耶

但这也许看太奥了。我们承受西洋人生观洗礼的，容易把做人看太积极，人世的要求太猛烈，太不肯退让，把住这热虎虎的一个身子一个心放进生活的轧床去，不叫他留存半点汁水回去；非到山穷水尽的时候，决不肯认输，退后，收下旗帜；并且即使承认了绝望的表示，他往往直接向生存本体作取决，不来半不阑珊的收回了步子向后退：宁可自杀，甘〈干〉脆的生命的断绝，不来出家，那是生命的否认。不错，西洋人也有出家做和尚做尼姑的，例如亚佩腊与爱洛绮丝，但在他们是情感方面的转变，原来对人的爱移作对上帝的爱，这知感的自体与它的活动依旧不含糊的在着；在东方人，这出家是求情感的消灭，皈依佛法或道法，目的在自我一切痕迹的解脱。再说，这出家或出世的观念的老家，是印度不是中国，是跟着佛教来的；印度何以曾发生这类思想，学者们自有种种哲理上乃至物理上的解释，也尽有趣味的。中国何以能容留这类思想，并且在实际上出家做尼僧的今天不比以前少（我新近一个朋友差一点做了小和尚！）这问题正值得研究，因为这分明不仅仅是个知识乃至意识的浅深问题，也许这情形尽有极有趣味的解释的可能，我见闻浅，不知道我们的学者怎样想法，我愿意领教。

十五年九月

在这里出门散步去，上山或是下山，在一个晴好的五月的向晚，正像是去赴一个美的宴会，比如去一果子园，那边每株树上都是满挂着诗情最秀逸的果实，假如你单是站着看还不满意时，只要你一伸手就可以采取，可以恣尝鲜味，足够你性灵的迷醉。阳光正好暖和，决不过暖；风息是温驯的，而且往往因为他是从繁花的山林里吹度过来，他带来一股幽远的澹〈淡〉香，连着一息滋润的水气，摩挲着你的颜面，轻绕着你的肩腰，就这单纯的呼吸已是无穷的愉快；空气总是明净的，近谷内不生烟，远山上不起霭，那美秀风景的全部正像画片似的展露在你的眼前，供你闲暇的鉴赏。

作客山中的妙处，尤在你永不须踌躇你的服色与体态；你不妨摇曳着一头的蓬草，不妨纵容你满腮的苔藓；你爱穿什么就穿什么；扮一个牧童，扮一个渔翁，装一个农夫，装一个走江湖的桀卜闪，装一个猎户；你再不必提心整理你的领结，你尽可以不用领结，给你的颈根与胸膛一半日的自由，你可以拿一条这边艳色的长巾包在你的头上，学一个太平军的头目，或是拜伦那埃及装的姿态；但最要紧的是穿上你最旧的旧鞋，别管他模样不佳，他们是顶可爱的好友，他们承着你的体重却不叫你记起你还有一双脚在你的底下。

这样的玩顶好是不要约伴，我竟想严格的取缔，只许你独身；因为有了伴多少总得叫你分心，尤其是年轻的女伴，那是最危险最专制不过的旅伴，你应得躲避她像你躲避青草里一条美丽的花蛇！平常我们从自己家里走到朋友的家里，或是我们执事的地方，那无非是在同一个大牢里从一间狱室移到另一间狱室去，拘束永远跟着我们，自由永远寻不到我们；但在这春夏间美秀的山中或乡间你要是有机会独身闲逛时，那才是你福星高照的时候，那才是你实际领受，亲口尝味，自由与自在的时候，那才是你肉体与灵魂行动一致的时候；朋友们，我们多长一岁年纪往往只是加重我们头上的枷，加紧我们脚胫上的链，我们见小孩子在草里在沙堆里在浅水里打滚作乐，或是看见小猫追他自己的尾巴，何尝没有羡慕的时候，但我们的枷，我们的链永远是制定我们行动的上司！所以只有你单身奔赴大自然的怀抱时，像一个裸体的小孩扑入他母亲的怀抱时，你才知道灵魂的愉快是怎样的，单是活着的快乐是怎样的，单就呼吸单就走道单就张眼看耸耳听的幸福是怎样的。因此你得严格的为己，极端的自私，只许你，体魄与性灵，与自然同在一个脉搏里跳动，同在一个音波里起伏，同在一个神奇的宇宙里自得。我们浑朴的天真是像含羞草似的娇柔，一经同伴的抵触，他就卷了起来，但在澄静的日光下，和风中，他的姿态是自然的，他的生活是无阻碍的。

你一个人漫游的时候，你就会在青草里坐地仰卧，甚至有时打滚，因为草的和暖的颜色自然的唤起你童稚的活泼；在静僻的道上你就会不自主的狂舞，看着你自己的身影幻出种种诡异的变相，因为道旁树木的阴影在他们于〈纤〉徐的婆娑里暗示你舞蹈的快乐；你也会得信口的歌唱，偶尔记起断片的音调，与你自己随口的小曲，因为树林中的莺燕告诉你春光是应得赞美的；更不必说你的胸襟自然会跟着漫长的山径开拓，你的心地会看着澄蓝的天空静定，你的思想和着山壑间的水声，山罅里的泉响，有时一澄到底的清澈，有时激起成章的波动，流，流，流入凉爽的橄榄林中，流入妩媚的阿诺河去……

并且你不但不须应伴，每逢这样的游行，你也不必带书。书是理想的伴侣，但你应得带书，是在火车上，在你住处的客室里，不是在你独身漫步的时候。什么伟大的深沉的鼓舞的清明的优美的思想的根源不是可以在风籁中，云彩里，山势与地形的起伏里，花草的颜色与香息里寻得？自然是最伟大的一部书，葛德说，在他每一页的字句里我们读得最深奥的消息。并且这书上的文字是人人懂得的；阿尔帕斯与五老峰，雪西里与普陀山，莱因河与扬子江，梨梦湖与西子湖，建兰与琼花，杭州西溪的芦雪与威尼市夕照的红潮，百灵与夜莺，更不提一般黄的黄麦，一般紫的紫藤，一般青的青草同在大地上生长，同在和风中波动——他们应用的符号是永远一致的，他们的意义是永远明显的，只要你自己性灵上不长疮瘢，眼不盲，耳不塞，这无形迹的最高等教育便永远是你的名分，这不取费的最珍贵的补剂便永远供你的受用；只要你认识了这一部书，你在这世界上寂寞时便不寂寞，穷困时不穷困，苦恼时有安慰，挫折时有鼓励，软弱时有督责，迷失时有南针。

十四年七月

散文

泰山日出①

振铎来信要我在《小说月报》的"太戈尔号"上说几句话。我也曾答应了，但这一时游济南游泰山游孔陵，太乐了，一时竟拉不拢心思来做整篇的文字，一直挨到现在期限快到，只得勉强坐下来，把我想得到的话不整齐的写出。

我们在泰山顶上看出太阳。在航过海的人，看太阳从地平线下爬上来，本不是奇事；而且我个人是曾饱饫过江海与印度洋无比的日彩的。但在高山顶上看日出，尤其在泰山顶上，我们无餍的好奇心，当然盼望一种特异的境界，与平原或海上不同的。果然，我们初起时，天还暗沉沉的，西方是一片的铁青，东方些微有些白意，宇宙只是——如用旧词形容——一体莽莽苍苍的。但这是我一面感觉劲烈的晓寒，一面睡眼不曾十分醒豁时的约略的印象。等到留心回览时，我不由得大声的狂叫——因为眼前只是一个见所未见的境界。原来昨夜整夜暴风的工程，却砌成一座普遍的云海。除了日观峰与我们所在的玉皇顶以外，东西南北只是平铺着弥漫的云气，在朝旭未露前，宛似无量数厚毳长戎的绵羊，交颈接背的眠着，卷耳与弯角都依稀辨认得出。那时候在这茫茫的云

---

① 1923 年 7 月作；载 1923 年 9 月 10 日《小说月报》第十四卷第九号，署名志摩；初收 1969 年台湾传记文学出版社《徐志摩全集》第六辑。采自《小说月报》。

海中，我独自站在雾霭溟的小岛上，发生了奇异的幻想——

我躯体无限的长大，脚下的山峦比例我的身量，只是一块拳石；这巨人披着散发，长发在风里像一面墨色的大旗，飒飒的在飘荡。这巨人竖立在大地的顶尖上，仰面向着东方，平拓着一双长臂，在盼望，在迎接，在催促，在默默的叫唤；在崇拜，在祈祷，在流泪——在流久慕未见而将见悲喜交互的热泪……

这泪不是空流的，这默祷不是不生显应的。

巨人的手，指向着东方——

东方有的，在展露的，是什么？

东方有的是瑰丽荣华的色彩，东方有的是伟大普照的光明——出现了，到了，在这里了……

玫瑰汁，葡萄浆，紫荆液，玛瑙精，霜枫叶——大量的染工，在层累的云底工作；无数蜿蜒的鱼龙，爬进了苍白色的云堆。

一方的异彩，揭去了满天的睡意，唤醒了四隅的明霞——光明的神驹，在热奋地驰骋……

云海也活了；眠熟了兽形的涛澜，又回复了伟大的呼啸，昂头摇尾的向着我们朝露染青馒形的小岛冲洗，激起了四岸的水沫浪花，震荡着这生命的浮礁，似在报告光明与欢欣之临在……

再看东方——海句力士已经扫荡了他的阻碍，雀屏似的金霞，从无垠的肩上产生，展开在大地的边沿。起……起……用力，用

散文

力，纯焰的圆颅，一探再探的跃出了地平，翻登了云背，临照在天空……

歌唱呀，赞美呀，这是东方之复活，这是光明的胜利……

散发祷祝的巨人，他的身彩横亘在无边的云海上，已经渐渐的消翳在普遍的欢欣里；现在他雄浑的颂美的歌声，也已在霞彩变幻中，普澈了四方八隅……

听呀，这普澈的欢声；看呀，这普照的光明！

这是我此时回忆泰山日出时的幻想，亦是我想望太戈尔来华的颂词。

昨夜中秋。黄昏时西天挂下一大帘的云母屏，掩住了落日的光潮，将海天一体化成暗蓝色，寂静得如黑衣尼在圣座前默祷。过了一刻，即听得船梢布篷上悉悉索索啜泣起来，低压的云夹着迷漾的雨色，将海线逼得像湖一般窄，沿边的黑影，也辨认不出是山是云，但涕泪的痕迹，却满布在空中水上。

又是一番秋意！那雨声在急骤之中，有零落萧疏的况味，连着阴沉的气氲，只是在我灵魂的耳畔私语道："秋！"我原来无欢的心境，抵御不住那样温婉的浸润，也就开放了春夏间所积受的秋思，和此时外来的怨艾构合，产出一个弱的婴儿——"愁"。

天色早已沉黑，雨也已休止。但方才啜泣的云，还疏松地幕在天空，只露着些惨白的微光，预告明月已经装束齐整，专等开幕。同时船烟正在莽莽苍苍地吞吐，筑成一座蟒鳞的长桥，直联及西天尽处，和船轮泛出的一流翠波白沫，上下对照，留恋西来的踪迹。

北天云幕豁处，一颗鲜翠的明星，喜孜孜地先来问探消息，像新嫁娘的侍婢，也穿扮得遍体光艳。但新娘依然姗姗未出。

我小的时候，每于中秋夜，呆坐在楼窗外等看"月

印度洋上的秋思①

① 1922 年 10 月 6 日作；载 1922 年 12 月 29 日《晨报副刊》，署名志摩；初收 1980 年台湾时报文化出版事业有限公司《徐志摩诗文补遗》。采自《晨报副刊》。

散文

华"。若然天上有云雾缭绕，我就替"亮晶晶的月亮"担忧，若然见了鱼鳞似的云彩，我的小心就欣欣怡悦，默祷着月儿快些开花，因为我常听人说只要有"瓦楞"云，就有月华；但在月光放彩以前，我母亲早已逼我去上床，所以月华只是我脑筋里一个不曾实现的想像，直到如今。

现在天上砌满了瓦楞云彩，霎时间引起了我早年许多有趣的记忆——但我的纯洁的童心，如今哪里去了！

月光有一种神秘的引力。她能使海波咆哮，她能使悲绪生潮。月下的喟息可以结聚成山，月下的情泪可以培百亩的畹兰，千茎的紫琳耿〈耿〉。我疑悲哀是人类先天的遗传，否则，何以我们儿年不知悲感的时期，有时对着一泻的清辉，也往往凄心滴泪呢？

但我今夜却不曾流泪。不是无泪可滴，也不是文明教育将我最纯洁的本能锄净，却为是感觉了神圣的悲哀，将我理解的好奇心激动，想学契古特白登①来解剖这神秘的"眸冷骨累"。冷的智永远是热的情的死仇。他们不能相容的。

但在这样浪漫的月夜，要来练习冷酷的分析，似乎不近人情，所以我的心机一转，重复将锋快的智刃剧起，让沉醉的情泪自然流转，听他产生什么音乐，让绻缱的诗魂漫自低回，看他寻出什么梦境。

明月正在云岩中间，周围有一圈黄色的彩晕，一阵阵的轻霭，在她面前扯过。海上几百道起伏的银沟，一齐在微叱凄其的音节，此外不受清辉的波域，在暗中愤愤涨落，不知是怨是慕。

我一面将自己一部分的情感，看入自然界的现象，一面拿着纸

---

①契古特白登：今译夏多勃里昂。

笔，痴望着月彩，想从她明洁的辉光里，看出今夜地面上秋思的痕迹，希冀他们在我心里，凝成高洁情绪的菁华。因为她光明的捷足，今夜遍走天涯，人间的恩怨，那一件不经过她的慧眼呢？

印度的 Ganges①（埂奇）河边有一座小村落，村外一个榕绒密绣的湖边，坐着一对情醉的男女，他们中间草地上放着一尊古铜香炉，烧着上品的水息，那温柔婉恋的烟篆，沉馥香浓的热气，便是他们爱感的象征——月光从云端里轻俯下来，在那女子胸前的珠串上，水息的烟尾上，印下一个慈吻，微晒〈哂〉，重复登上她的云艇，上前驶去。

一家别院的楼上，窗帘不曾放下，几枝肥满的桐叶正在玻璃上摇曳斗趣，月光窥见了窗内一张小蚊床上紫纱帐里，安眠着一个安琪儿似的小孩，她轻轻挨进身去，在他温软的眼睫上，嫩桃似的腮上，抚摩了一会。又将她银色的纤指，理齐了他脐圆的额发，蔼然微晒着，又回她的云海去了。

一个失望的诗人，坐在河边一块石头上，满面写着幽郁的神情，他爱人的情影，在他胸中像河水似的流动，他又不能在失望的渣滓里榨出些微甘液，他张开两手，仰着头，让大慈大悲的月光，那时正在过路，洗沐他泪腺湿肿的眼眶，他似乎感觉到清心的安慰，立即摸出一管笔，在白衣襟上写道：

"月光，

你是失望儿的乳娘！"

---

① Ganges：今译恒河。

面海一座柴屋的窗棂里，望得见屋里的内容：一张小桌上放着半块面包和几条冷肉，晚餐的剩余。窗前几上开着一本家用的《圣经》，炉架上两座点着的烛台，不住地在流泪，旁边坐着一个绉面驼腰的老妇人，两眼半闭不闭地落在伏在她膝上悲泣的一个少妇，她的长裙散在地板上像一只大花蝶。老妇人掉头向窗外望，只见远远海涛起伏，和慈祥的月光在拥抱密吻，她叹了声气向着斜照在《圣经》上的月彩嗫道：

"真绝望了！真绝望了！"

她独自在她精雅的书室里，把灯火一齐熄了，倚在窗口一架藤椅上，月光从东墙肩上斜泻下去，笼住她的全身，在花瓶上幻出一个窈窕的倩影，她两根垂髻的发梢，她微澹的媚唇，和庭前几茎高峙的玉兰花，都在静秘的月色中微颤，她加她的呼吸，吐出一股幽香，不但邻近的花草，连月儿闻了，也禁不住迷醉，她腮边天然的妙涡，已有好几日不圆满：她瘦损了。但她在想什么呢？月光，你能否将我的梦魂带去，放在离她三五尺的玉兰花枝上。

威尔斯西境一座矿床附近，有三个工人，口衔着笨重的烟斗，在月光中闲坐。他们所能想到的话都已讲完，但这异样的月彩，在他们对面的松林，左首的溪水上，平添了不可言语比说的妩媚，惟有他们工余倦极的眼珠不阖，彼此不约而同今晚较往常多抽了两斗的烟，但他们矿火熏黑，煤块擦黑的面容，表示他们心灵的薄弱，在享乐烟斗以外；虽经秋月溪声的载刺，也不能有精美情绪之反感。等月影移西一些，他们默默地扑出了一斗灰，起身进屋，各自登床睡去。月光从屋背飘眼望进去，只见他们都已睡熟；他们即使有梦，也无非矿内矿外的景色！

月光渡过了爱尔兰海峡，爬上海尔佛林的高峰，正对着静默的红潭。潭水凝定得像一大块冰，铁青色。四围斜坦的小峰，全都满铺着蟹青和蛋白色的岩片碎石，一株矮树都没有。沿潭间有些丛草，那全体形势，正像一大青碗，现在满盛了清洁的月辉，静极了，草里不闻虫吟，水里不闻鱼跃；只有石缝里潜涧沥淅之声，断续地作响，仿佛一座大教堂里点着一星小火，益发对照出静穆宁寂的境界，月儿在铁色的潭面上，倦倚了半晌，重复起她的银泻，过山去了。

昨天船离了新加坡以后，方向从正东改为东北，所以前几天的船梢正对落日，此后"晚霞的工厂"渐渐移到我们船向的左手来了。

昨夜吃过晚饭上甲板的时候，船右一海银波，在犀利之中涵有幽秘的彩色，凄清的表情，引起了我的凝视。那放银光的圆球正挂在你头上，如其起靠着船头仰望。她今夜并不十分鲜艳；她精圆的芳容上似乎轻笼着一层藕灰色的薄纱；轻漾着一种悲唷的音调；轻染着几痕泪化的露霭。她并不十分鲜艳，然而她素洁温柔的光线中，犹之少女浅蓝妙眼的斜瞟；犹之春阳融解在山巅白云反映的嫩色，含有不可解的迷力，媚态，世间凡具有感觉性的人，只要承沐着她的清辉，就发生也是不可理解的反应，引起隐复的内心境界的紧张，——像琴弦一样，——人生最微妙的情绪，载震生命所蕴藏高洁名贵创现的冲动。有时在心理状态之前，或于同时，撼动躯体

散
文

的组织，使感觉血液中突起冰流之冰流，嗅神经难禁之酸辛，内藏汹涌之跳动，泪腺之骤热与润湿。那就是秋月兴起的秋思——愁。

昨晚的月色就是秋思的泉源，岂止，直是悲哀幽骚悱怨沉郁的象征，是季候运转的伟剧中最神秘亦最自然的一幕，诗艺界最凄凉亦最微妙的一个消息。

今夜月明人尽望，不知秋思在谁家。

中国字形具有一种独一的妩媚，有几个字的结构，我看来纯是艺术家的匠心：这也是我们国粹之尤粹者之一。譬如"秋"字，已经是一个极美的字形；"愁"字更是文字史上有数的杰作：有石开湖晕，风扫松针的妙处，这一群点画的配置，简直经过柯罗的书篆，米仡朗其罗的雕圭，Chopin[1]的神感；像——用一个科学的比喻——原子的结构，将旋转宇宙的大力收缩成一个无形无纵的电核；这十三笔造成的象征，似乎是宇宙和人生悲惨的现象和经验，吅喟和涕泪，所凝成最纯粹精密的结晶，满充了催迷的秘力。你若然有高蒂闲（Gautier）[2]异超的知感性，定然可以梦到，愁字变形为秋霞黯绿色的通明宝玉，若用银槌轻击之，当吐银色的幽咽电蛇似腾入云天。

我并不是为寻秋意而看月，更不是为觅新愁而访秋月；蓄意沉浸于悲哀的生活，是丹德所不许的。我盖见月而感秋色，因秋窗而拈新愁：人是一簇脆弱而富于反射性的神经！

我重复回到现实的景色，轻裹在云锦之中的秋月，像一个遍体

---

① Chopin：今译肖邦（1810—1849），波兰作曲家、钢琴家。
② Gautier：今译戈蒂埃（1811—1872），法国诗人、小说家、评论家、新闻记者。

蒙纱的女郎，她那团圆清朗的外貌像新娘，但同时她幂弦的颜色，那是藕灰，她踟蹰的行踵，掩泣的痕迹，又使人疑是送丧的丽姝。所以我曾说：

"秋月呀！

我不盼望你团圆。"

这是秋月的特色，不论她是悬在落日残照边的新镰，与"黄昏晓"竞艳的眉钩，中宵斗没西陲的金碗，星云参差间的银床，以至一轮腴满的中秋，不论盈昃高下，总在原来澄爽明秋之中，遍洒着一种我只能称之为"悲哀的轻霭"，和"传愁的以太"。即使你原来无愁，见此也禁不得沾染那"灰色的音调"，渐渐兴感起来！

秋月呀！

谁禁得起银指尖儿

浪漫地搔爬呵！

不信但看那一海的轻涛，可不是禁不住她玉指的抚摩，在那里低徊饮泣呢！就是那

无聊的熏烟，

秋月的美满，

熏暖了飘心冷眼，

也清冷地穿上了轻缟的衣裳，

来参与这

美满的婚姻和丧礼。

十月六日

散文

图书在版编目（CIP）数据

志摩的诗 / 徐志摩著；桑楚主编 . — 北京：民主与建设出版社，2018.3
（2023.11 重印）
（人生金书）
ISBN 978-7-5139-1966-1

Ⅰ . ①志… Ⅱ . ①徐… ②桑… Ⅲ . ①诗集–中国–现代 Ⅳ . ① I226

中国版本图书馆 CIP 数据核字 (2018) 第 031676 号

志摩的诗
ZHIMO DE SHI

著　　者：徐志摩
主　　编：桑　楚
责任编辑：王　颂
封面设计：施凌云
出版发行：民主与建设出版社有限责任公司
电　　话：（010）59417747　59419778
社　　址：北京市海淀区西三环中路十号望海楼 E 座 7 层
邮　　编：100142
印　　刷：三河市燕春印务有限公司
版　　次：2018 年 9 月第 1 版
印　　次：2023 年 11 月第 8 次印刷
开　　本：880mm×1230mm　1/32
印　　张：8.5
字　　数：97 千字
书　　号：ISBN 978-7-5139-1966-1
定　　价：36.00 元

注：如有印、装质量问题，请与出版社联系。